かっぽれ

寄席品川清洲亭　四

奥山景布子

集英社文庫

目次

第一話　御　用　7
第二話　蛍のひと夜　107
第三話　点取り、無双の三杯　203
解　説　神田松鯉　297

かっぽれ　寄席品川清洲亭　四

主な登場人物

秀八　　　　大工の棟梁　寄席・清洲亭の席亭
おえい　　　秀八の妻　団子屋を営む
河村彦九郎　浪人　長屋に住み弁良坊黙丸という名で戯作を書いている
おふみ　　　清洲亭の三味線弾き
九尾亭天狗　落語家の真打　四代目天狗を襲名　前名は狐火
御伽家弁慶　落語家の真打
大橋善兵衛　書物問屋・大観堂の隠居
九尾亭木霊　前座修業中の落語家　九尾亭牛鬼の弟子　三代目天狗の息子
竹呂香　　　女義太夫
夜半亭ヨハン　手妻使い
庄助　　　　秀八の友人　元材木問屋・木曽屋の主人
留吉　　　　秀八の弟子の大工
佐平次　　　妓楼・島崎楼の主人

第一話

御用

一

——どうしようかなぁ。

おえいは思案に暮れていた。

——やりたい。けど。

できるだろうか。前みたいに。

身軽だった以前とは違う。今の自分は、まず何よりも、この子の母親なのだ。ともかくそこを考えないといけない。

お初《はつ》に目をやって、おえいは思わず大声を上げた。

「あ！　おまえさん、見て、見て、ほら、早く」

ついさっきまで、座布団に座って機嫌良くしていたお初が、紅葉のような手をちゃぶ台の端について立ち上がったかと思うと、ほんの一瞬、その手を離して仁王立ちした。

「お！　ああ……」

玄翁《げんのう》を念入りに磨いていた秀八《ひではち》は、急いで目を上げたが、お初が立ち上がるところは見逃してしまったらしい。

「お初、もう一回、もう一回。お父《と》っつぁんにも見せておくれ」

再びちょこんと座ってしまったお初を、秀八がなんとかもう一度立たせようとするが、幼子は父の頼みなぞどこへやら、座布団の上でお尻をとんとんさせるだけである。

「あーあ。お初……。お父っつぁんも、見たかったのになあ」

「そんなに焦《じ》れたってだめよ。ね、お初」

お初が生まれて一年とふた月。三十三での初産は戸惑うことばかりだったが、どうにか大きな病気に罹《かか》ったりもせず、ここまで無事に過ごせてきた。

一時《いっとき》（約二時間）おきにお乳をやったり、夜中泣かれて途方に暮れたり、正直、いったいいつまでこんなことが続くのだろうと辛《つら》く思ったこともあった。そもそも、お初が生まれたのはお江戸一帯に大きな地震のあった日で、ここ品川《しながわ》では砲台が爆発するなんていう恐ろしいこともあったから、本当にどうなることかと不安で一杯だったが、今思い返すとあっという間だ。

「さあて、明日からいよいよ下席《しもせき》だ」

大工道具を片付けた秀八が、今度は寄席のネタ帳を引っ張り出して眺め始めた。

「今年の大トリは天狗師匠だからなぁ。ありがたい話だ」

「そうだね」

秀八が、念願だった寄席「清洲亭《きよすてい》」を開業したのが今から三年前。

開業しようとしたその日に先代の公方《くぼう》さまが亡くなって柿落《こけらお》としを延期させられたり、せっかく開業したのに借金のカタに取られそうになったり、まあいろんなことがあったが、どうにかこうにか、潰れずにここまで来られた。

お初をあやしながらほっと安堵《あんど》のため息を漏らしていると、とん、とん、と気だるい足音をさせながら、女が梯子段《はしごだん》を下りてきた。清洲亭の二階には芸人の楽屋があって、泊まってもらうこともできる。

「お席亭、おかみさん。じゃあたしはしばらく旅ですから」

中席《なかせき》に出てくれていた女義太夫の竹呂香《たけろこう》が、柔らかい声を響かせた。旅支度を調え、三味線の箱を大切そうに抱えている。

「呂香さん、今度はどちらへ？」

「浅草《あさくさ》。猿若町《さるわかちょう》で何軒か、お座敷に呼んでくれるところがあって。当分向こうへ逗留《とうりゅう》するわ」

「そうですかい。引く手あまたは何よりですが、お願いですから年の内には戻ってきておくんなさいよ」

顔の前で手を合わせ、拝むような形をした秀八に、呂香はちょっとだけ「ふん」と鼻で笑うような仕草を見せた。

「さあて、どうしようかしらね。ここに来ると、うるさい婆《ばあ》さんもいっしょになるから」

呂香はにやっと笑った。

「そうおっしゃらずに。頼みますよ」

「そうね。あてにしないで待ってて」

見送ろうと立ちかけると、呂香はおえいを押しとどめた。

「おかみさん、いいから座ってて。せっかくお初っちゃんが機嫌良《い》いみたいだから。……お初っちゃん、またいつか、ね。おばちゃんのこと、覚えててくれるといいけど」

呂香の言葉に甘えてそのまま待っていると、見送りに立っていった秀八が戻ってきた。

「呂香さん、大丈夫だろうな。初席《はっせき》には出てくれるって言ってたはずだが」

「約束に穴空けるようなお人じゃないでしょう。ま、ご機嫌がちょっと斜めなのは、しようがないわね」

呂香の思わせぶりには、それなりの理由《わけ》があった。おとついのことだ。

「ほらほら、ぐずぐずしないで、もっとさっさとお茶を……。なんだね、その着物のたたみ方は。皺《しわ》が寄っちまうじゃないか。もっとぴしっと……。おまえの太鼓はちっとも上手《うま》く鳴らないねえ。もうちょっと良い音が出ないのかい、まったくすっとこどっこいなんだから」

「すみません。……すみません……すみません……」

滝のように小言を浴びせているのは、流行《はや》りの歌を三味線で弾き唄《うた》いする女芸人の柑子《こうじ》家翠《やみどり》。浴びているのは、噺家《はなしか》——といってもまだ前座の、御伽家鬼若《おとぎやおにわか》である。

鬼若はいたって真面目な性質で、秀八もおえいもなんとか一人前になってほしいと思っている芸人だ。弟子入り志願の一部始終を見届けた縁《えん》もある。

ただ、残念なことにお世辞にも器用とは言えず、噺にせよ、楽屋働きにせよ、万事に訥々《とつとつ》としている。

芸に厳しく、また何事にもせっかちな翠には、ひょろっと背が高い鬼若がおろおろと楽屋と舞台とを行き来するのがなんとももどかしいらしく、ついつい小言が多くなる。

それでも、他の前座にならここまできつく言わないのだろうが、何せ鬼若の師匠御伽家弁慶《べんけい》は、翠の実の息子だ。翠にとって鬼若は自分の弟子も同然、いや、それ以上に気にかかるらしく、どうしても遠慮会釈のない厳しい言葉が飛びがちだった。

「翠姐《ねえ》さん。気持ちは分かるけど、もうちょっと長い目で見てあげたらどうなの」

そんな鬼若と翠のやりとりを、秀八もおえいも、また他の芸人たちもヒヤヒヤしながらいつも聞いていたのだが、よほどたまりかねたのか、思わず割って入ったのが、呂香だった。

「不器用な子にそんなに辛く当たったら、よけい体が硬くなっちまって、できることもできなくなっちまうでしょう」

「呂香さん。そんなこと言ったたって、歯がゆいからしょうがないじゃないの。あたしはなんとかしてこの子に早く一人前になってもらいたいんだから」

「分かりますけどね。そこをぐっと黙るのが師匠の器量ってもんでしょうに。それに鬼若の師匠は姐さんじゃなくて、弁慶さんでしょ。だいたい、そうやって、おっ母《か》さんがあんまりうるさいから、弁慶さんは嫁も弟子もなかなか取りきれないんじゃないですか」

――わっ、呂香さん、言っちゃった……。

おそらく、まわりで聞いていた者はみな、おえいと同じ思いだったに違いない。

これには、翠もよほどこたえたのか、ぐっと黙ってしまったが、帰り際、「子も弟子もいない女義《じょぎ》に、なんのかのと言われたくないねえ」と捨て台詞《ぜりふ》を小声で置いて出て行った。

あくまで小声ではあったが――耳の良い呂香に、聞こえていないはずもない。もちろんそれは、翠だって承知の上だろう。

それが証拠に、一夜明けて昨日は、二人とも、互いに一言も口を利かなかった。翠が鬼若に浴びせる小言もだいぶ少なかったが、呂香の口数はもっと少なく、出番以外はそそくさと二階へ引っ込んでしまう有様だった。

──二人とも、良い芸人さんなんだけどな。

さばさばとした性格、芸人としてのすっきりした立ち居振る舞い。ある意味よく似た女芸人同士で、おえいは二人とも好きだ。お初に振り回されているおえいを、なにくれと助けてくれる気働きのある点でも、同様にありがたい人たちである。

「ま、信じて待ってれば良いんじゃない？」

「そうかなぁ……。なんだか、女同士の喧嘩《けんか》は怖くっていけねえ。執念《しゅうね》くあと引いたりしねぇだろうな」

「何言ってんの。あの姐さんたちはそんなんじゃないよ。きっと何もなかったみたいに戻ってきてくれるって」

怖《お》じ気《け》づく秀八をなだめて、おえいはもとの思案に戻った。

「ねえ、おまえさん、どう思う？」

「どう……って。おまえ、やりたいんだろう？」

「うん」

「たいへんだし、無理しなくてもっていう気持ちも正直あるが。でも、せっかくついてきてくれたお客さん、あんまり休むと忘れられちまうってのは、そのとおりだろうしなあ」

団子屋を再開するのかどうか。

おえいは今、迷っていた。

おえいが休んでいる間、店の方は振り売りの青物屋や煮売屋に、一時的に使ってもらうことで話がついていた。ただ、さすがに一年以上が経《た》って、大家の方から、「そろそろどうするか決めてほしい、団子屋をもうやらないなら、他のちゃんとした借り手を探す」と言ってきていた。どうやら煮売屋が、「団子屋がやらないならうちが正式に借りたい」と申し出ているらしい。

「やりたいんなら、やれるように考えるしかないだろう」

お初に手がかかるんだからもうやめておけ、寄席だってあるんだし――きっとそう言われるのではないかと思っていたのだが、案に相違して、秀八の言葉は柔らかかった。

「おまえが言い出したら聞かないことくらい、おれだって分かってるさ」

それはお互い様だよね、と心の中でつぶやきながら、おえいはありがたく思った。

「となると、やっぱり人を雇わないとなあ」

「そうだよね」

店の切り回しとお初の子守。そんなことを手伝ってくれる女手をどうにかしないことには、難しいだろう。

――だいじょうぶかな。

お初の面倒を安心して見てもらえるような気立ての良い人、かつ、おえいのやり方をちゃんと守って、団子を作って売ってくれる、しっかりした人。そんな人がうまく見つかるだろうか。

見つかったとして、お給金をちゃんと出せるほどの利を稼げるようにやっていけるか。

不安を数え始めると、きりがなかった。

——そこまでして……やるの？

自分で自分に尋ねてしまう。弱気の虫が、胸の中でざわっと頭をもたげそうになった時、秀八があっさり「まあ、やってみるさ」と言った。

「やってみて、それでだめだったら、諦めりゃあいい。やらずに迷うより、その方が良いだろう？　ほら、なんてったっけ、き、き、き」

「き？」

「そうそう、木を見た小猿は夕泣きなりとか、なんとかって、言うだろう。木を見てるだけでちっとも登らない猿は、夕方には泣きを見るって」

——えーっと、何のつもりかな？

そうか。

弁良坊《べんらぼう》の先生がこないだ言ってたやつかな？

寺子屋の師範をつとめる浪人、弁良坊黙丸《だまる》は、何かと清洲亭に加勢してくれる、ありがたい知恵袋だが、物言いが高尚過ぎて、秀八がまるで違う聞き取りをしていることがたびたびある。

——確か、〝義を見てせざるは勇無きなり〟っておっしゃってたかな？

いや、でも、それはなんか違う。

おえいは笑い出しそうになった。

——団子屋は、義でも何でもないけどね。

でも、今ここで決めなかったら、腹を括《くく》って木を登らなかったら、きっともう二度と、自分の店を始める機会はないかもしれない。

小さな店。味には自信があるものの、名物と呼ばれるほど取り立てて何かがあるわけではない、どこにでもありそうな団子。ご近所の人や旅の人に、ちょっと小腹が空《す》いた時にでも、ごく気軽に口にしてもらえば良いと思って始めた店。

それでも、秀八と二人で品川へ来てほどなく始めて、それからずっと、十年以上もやってきた店だ。

「そうだね。そうする。口入れ屋さんに行けばいいかな」

「そうだな。店と寄席にも張り紙しとくか。うちの様子を前から知ってる人が世話してくれる方が、良いかもしれないし」

覚悟を決めよう。

「あ！」

秀八が出し抜けに大声を上げた。

「あら」

お初が立ち上がって、すぐによろけた。

「おっと」

娘を抱き留めて目尻の下がりきった秀八の顔を見て、おえいは改めて、胸の内で「よし！」とつぶやいた。

二

十二月の下席が始まって、四日目の朝のことだ。

「うあぁ、ああ、ああ……」

「おお、よしよし、よしよし」

——おっと、泣き出しちまったか。

外はまだ薄暗いというのに、お初が急に目を覚ましてぐずりだした。

いつもならいったん寝付くと、よほどのことがないかぎり目を覚まさない秀八だが、どういうわけか今朝は、お初をあやすおえいの声で起きてしまい、そのまま寝付かれなくなってしまった。

しばらく布団の中でもぞもぞしていたが、どうにも収まりが悪くなって、いつもより早く起き出す気になったのだ。

「おまえさん、もう起きるのかい？　早いね」

「ああ、なんだか、また寝なおそうって気にもなれねえし。お天道《てんとう》さまが昇るのをめがけて、普請場へ早出といくか」

「そうかい。じゃあ朝餉《あさげ》の支度するから、それまでお初のこと、見ていておくれよ」

「おお、分かった」

幸いお初は、今し方寝付いたところのようだ。

——子どもを育てるってのは。

言ってみれば、これも職人仕事だ。一瞬の気の緩みも許されない。

特に近頃では、這《は》ったりつかまり立ちをしたりとお初がよく動くので、うかつに物は置けないし、火にもこれまで以上に用心が要る。

顔を洗い、おえいが手早く調えてくれた朝餉を食べて、今取りかかっている普請場へと向かった。海辺に近い、商家の隠居所の造作である。

「おっと、風が冷たいな」

秀八は思わず首をすくめ、手を半纏《はんてん》の袖の中にすっぽりと入れた。

——早出なんて、やっぱりやめとけば良かったか。

さすがにこの時間だと、抱えの大工たちもまだ誰も来ていない。秀八は道具箱を開け、自分の鉋《かんな》の具合を確かめようとした。

——あれ？

組み上げた材木の下に、妙なものが落ちている。

「なんだぁ、汚《きたね》えな。留《とめ》の野郎、ちゃんと掃除しなかったのか」

一番下の弟子、留吉《とめきち》には、道具の片付けと普請場の掃除は丁寧にしろと、いつも口を酸っぱくして言い聞かせている。こんなことは今までなかったのにと、秀八は手を突っ込んで引きずり出してみた。

ずっしり重い。

「財布だ」

べったりと濡《ぬ》れた縞《しま》の財布。ぐるぐると巻き付けられた紐《ひも》を解《ほど》いて中を見てみる。

——わっ。切り餅。

紙に包んで四角にまとめた一分銀百枚。金額にして二十五両である。

他に、バラの一分銀や二朱銀など、ざっと見ただけでも全部で四十両はありそうだ。すごい金額である。

——こんな金があればなあ。

今トリを取ってくれているのは、四代目の九尾亭天狗《きゅうびていてんぐ》だ。十月に三代目から名を譲られたばかりで、前は狐火《きつねび》を名乗っていた。

こんな江戸で一、二を争う人気者が品川までわざわざ出向いて、清洲亭のような小さな寄席に出てくれるのは、三代目との縁によるもので、本当にありがたい限りなのだが、この四代目、先代とは違って暮らしはなにかと派手好みらしい。

「せっかくだから、今夜からは島崎楼《しまざきろう》に逗留したいんだがね」――昨日そう言われて、秀八はつい「承知しました」と返事してしまい、あとでおえいに怒られてしまったのだ。

「なんで、お宿は平旅籠《ひらはたご》でお願いします、お女郎買いはどうか手銭《てせん》で……って言わなかったのよ」

島崎楼は、土蔵相模《どぞうさがみ》と並び、品川のみならず、江戸市中にも評判の聞こえた遊女宿である。

「そんなこと、言えるかよ、四代目に向かって」

「これじゃせっかく毎日大入りになったって、利はなくなっちゃうじゃない」

アゴ（飲食代）、アシ（駕籠《かご》代）、マクラ（宿代）――江戸市中から品川まで芸人を呼ぶためには、どうしても何かと物入りで、客席が決して広くはない清洲亭では、ちょっと気を許すとすぐ、こちらの手許《てもと》が火の車に狙われることになる。

――こんな金がありゃ、一も二もなく、どうぞどうぞ島崎楼へ、って言えるのになぁ。

なんで金ってのは、使い道は山ほど思いつくのに、稼ぐ道ってのはなかなか思いつかないんだろうか。

――いやいやいやいや。

拾った金の使い道を考えるなんて。

〽二十日《はつか》あまりに四十両　使い果たして二分残る……。

翠が唄っていた、〈大津絵節《おおつえぶし》〉の一節がふと頭をよぎった。続きは確か、「金ゆえ大事の忠兵衛《ちゆうべえ》さん、咎人《とがにん》にならしゃんしたもみんな私ゆえ……」だったか。この忠兵衛は、浄瑠璃《じようるり》の梅川《うめがわ》忠兵衛、〈新口村《にのくちむら》〉、心中道行き、罪人の忠兵衛さんだ。

だめだだめだ。番屋へ届けなきゃ。こんな物持ったままじゃ、仕事にならねぇ。

幸い朝はまだ早い。

――まずはいったん、家へ戻ろう。

とりあえず、財布を手ぬぐいで包み、腹掛けに入れ、気を取り直して元来た道を引き返し始めて、しばらく経った時だった。

「おい。秀」

ドスの利いた声に呼び止められた。

「あ、親分さん」

このあたりでお上《かみ》の十手《じって》を預かっている、目明かしの源兵衛《げんべえ》だった。下っ引きの太助《たすけ》もいっしょである。

「おまえ、その腹掛けン中見せろ」

言うが早いか、太助の手がむずと伸びてきた。

――え？

「なんだこれは」

「あ、いや、これは今、普請場で拾って、ちょうど番屋へ届けようと」

「届けようだと……」

源兵衛の金壺眼《かなつぼまなこ》の底から、鋭い光が発した。白目がちょっと濁り、いやな色をしている。

「おい太助、こいつ縛り上げろ」

「いや、ちょっと待ってくださいよ、親分さん。おれが何をしたって」

「拾った金、自分の物にしようとしただろ。ふてぇ野郎だ。来いっ」

「違いますったら。本当に、届けるつもりで」

「ふん、言い訳なら、お白洲《しらす》でするんだな」

「や、本当に、本当におれは何も」

秀八は必死に訴えたが、源兵衛はまるで聞く耳を持たない。

「違うって、言ってるだろ！」

太助の胸ぐらを摑《つか》みにかかったが、ひょいと軽く身をかわされ、代わりにこちらのみぞおちに拳《こぶし》がどんと入ってきた。

「ぐふっ」

「暴れんじゃねえ！　この雪隠《せっちん》大工が」

太助があざ笑うように吐き捨てた。一瞬で、秀八の尻から頭に向けて、かっと熱いものが駆け上った。

――雪隠大工だとぉーっ！

そのあとのことは、正直よく覚えていない。

気づいた時には、縄でぐるぐる巻きにされ、猿ぐつわまで嚙《か》まされて、自身番《じしんばん》の土間に転がされていた。自分では見ることも触ることもできないので、どんな傷かはっきりとは分からないが、体のあちこちから、いろいろな痛みが襲ってくる。

「おう。起きろ」

頰に冷たい物が当たった。源兵衛が十手の先を押しつけている。

「ほら。乗れよ」

源兵衛があごで示した先には、駕籠が一丁用意されていた。

――唐丸《とうまる》駕籠じゃないか。

高さ三尺ほど、竹で丸く編まれた目駕籠《めかご》である。

――おれは軍鶏《シャモ》じゃねぇ。

もちろん、罪人なんかでは、断じて、ない。

悔しさで、涙があとからあとから流れてくる。

太助ともう一人、見知らぬ下っ引きが駕籠をよっこらしょと持ち上げ、番屋の前から護送の道中が始まった。

――ま、まさか、このまま、本当に。

行く先は、小伝馬町《こでんまちょう》の牢屋敷《ろうやしき》か、それとも、町奉行所か。

なぜだ。そんなばかな。

駕籠の編み目の隙間から、物見高い野次馬たちの姿が見える。

「どうしたの？」

「なんか、大金を使い込んだんだってよ」

「へえ……」

「そんな男には見えなかったがなぁ」

違う。おれはそんなことはしていない。ただ財布を拾っただけだ。一銭だって使っちゃいない。

野次馬の中に、見慣れた顔がちらりと見えた。

——おふみさん。

清洲亭で下座《げざ》の三味線弾きをつとめてくれている、おふみだ。不安そうな顔が横を向き、隣の女に何かささやきかけた。

——おえい！

おふみの陰に隠れるように、すぐにその姿は消えた。

——おえい。信じてくれ。おれは何にも悪いことはやっちゃいない。

やがて駕籠は進み、品川の町がどんどんと後ろへ遠ざかった。

高輪《たかなわ》の木戸を越え、お城の側《そば》へと近づいていく。

その頃になると、秀八は妙に冷静になっていた。涙という涙が、全部流れきってしまったせいかもしれない。

——だいじょうぶだ。きっと、お役人はおれの話を聞いてくれる。

目明かしと下っ引き、源兵衛と太助なんかだからいけないのだ。歴《れっき》としたお役人なら、こんなことで人を罪人に仕立て上げたりはするまい。

——お白洲で、ちゃんと話そう。ちゃんと。

どうにか心を落ち着けようとしていると、駕籠がどさっと乱暴に下ろされた。

「痛っ」と言ったつもりが、「ぐふっ、ごほっ」とくぐもったうなり声になる。

「静かにしろ。お白洲だ」

――いきなりか。

しぃーっ、しぃーっと、妙な声が左右両側から聞こえる。

――なんか、こんな場面が講釈にあったな。

あれは警蹕《けいひつ》というのだと、確か弁良坊から教わった覚えがある。偉い人が出てくる時に、「静かにしろ、頭を下げろ」と、大勢に一遍に伝えるための、符丁のようなものだそうだ。

縹色《はなだいろ》の紗綾形《さやがた》模様が描かれた襖《ふすま》が音もせずに開くと、裃《かみしも》を着けた目鼻立ちの涼しげなお武家が、長い袴《はかま》を捌《さば》きながら姿を見せた。

――お奉行さま、なのか？

「その方、所と名前、生業《なりわい》を申せ」

「み、み、南品川宿、だ、大工の秀八と申します」

「しかとさようか」

己の人別《にんべつ》に「しかとさようか」と言われても、そうだとしか答えようがない。

「寄席の興行もしておるというが、間違いないか」

「は、はい」

「うむ。ではこれより吟味を始める。まずは面《おもて》をあげよ」

顔を上げろっていう意味だよな？　と、恐る恐る、頭を持ち上げてみる。

「その方、四十両という大金を横領せしと訴えが出ておる。事の次第を申せ」

冗談じゃない。

「ち、違います。違います。あれは、手前の普請場に落ちていたものです。番屋へ届けようと思って、持っていただけです」

「しかとさようか。金欲しさに、そのまま知らぬ顔をしていようと思っていたのではないか」

「そんなことは、そんなことは決してありません」

「ふうむ……」

お役人は帳面と秀八の顔を交互に見て、しばらく首を傾《かし》げていたが、やがて厳しい声で言った。

「どうも、偽りを申しているようじゃ。やむを得ぬ。体に問うてみよ」

下っ端の役人が二人がかりで、大きな石の板をえっちらおっちら、重そうに抱えてきた。

――えっ、そんな……。まさか。

講釈で聞いたことがある。痛め吟味だ。あんな石を載せられたら、足の骨が砕けてしまうだろう。

石の板を抱えた二人分の足音が近づいてくる。

砂利の上に正座をさせられている秀八の太ももの上に、石の板がどしん、と載せられた。

「ぎゃあああああっ」

「おまえさん、おまえさんってば」

「うわぁああああっ」

「どうしたのよ、素っ頓狂な声を出して」

「助けてくれ」

「おまえさんってば！」

ぴしゃっ。頰に何か、冷たいものが当たった。

——あれ？

目を開けて見ると、冷たいものは、おえいの掌《てのひら》だった。

「何寝ぼけてんの。いつにもましてひどい寝言が始まったから、びっくりしたじゃない」

——え？

「あ、あの、財布、財布、どうした？」

「財布？」

——財布拾ったところから夢なのか？

だとしたら、ずいぶん長い夢を見たものだ。

「それならさっき、おまえさんの代わりに、先生が番屋へ届けに行ってくれたけど」

「あ、そ、そうか」

ということは、財布を拾ったのは本当らしい。

「いくら入ってたんだ、あの財布」

「四十二両と二分。たいへんだ、とんでもないもの拾っちまったって、おまえさんすごい勢いで走って帰ってきて。あんまり走ったからなのか、この寒いのに大汗かいてて、水をがぶがぶ飲んで、そのままばたんと倒れて寝ちまったじゃない。覚えてないの？　心配したんだから」

じゃあ、源兵衛と太助に捕まったところからが、夢ってことか？

秀八は、改めてふうっと大きく息を吐いた。

「何の夢見てたの？　教えてよ」

「ん？　ああ、いや、何にも見てない」

おえいに今見た夢の話をするのは、なんだか決まりが悪かった。

「そう？　夢も見ずに、あんなひどい寝言、言う？　なんか見てたんでしょ。教えてよ」

「いや、本当に、夢なんぞ、見ちゃいねえよ」

「うそ。教えてくれたっていいじゃない」

おえいの頬にえくぼが浮かんでいる。

「うるさいな。見てねぇって」

「ふうん。女房に言えないような夢、見てたのかな？」

にやにやと笑うおえいを見ていると、余計に話せない。

「おいおい、下種《げす》の勘繰りはよしにしねぇ。時に、今何時《なんどき》だ」

「もうすぐ五つ半（午前九時頃）」

「そうか……」

立ち上がって水を飲む。冷たさが腹に染みて、次第に頭がしゃっきりとしてきた。

「仕事、行くの？」

「ああ。留吉を一人にしておくわけにいかねぇし」

「そう」

おえいは簞笥《たんす》の引き出しから腹掛けを出してくれた。今さっき着けていたのはびしょ濡れだから、と言う。

「気をつけてね」

歩きながら、秀八は考え込んだ。

——なんで、こんな、変な夢。

心のどこかに疚《やま》しいところが、この金、ねこばば決め込んじまおうかってぇ気持ちが、やっぱりあったんだろうか。

だからあんな夢、見たんだろうか。

その日の夕方、弁良坊に会った秀八は、こっそり、夢の話をして尋ねてみた。

「ねえ先生。夢ってのは、見た者の本性とか、性根とかが見えちまうってことなんでしょうか。おれは、どこか、さもしいところがあるんですかねぇ」

弁良坊は涼しげな顔で秀八の話を「ほう、ほう、おやおや」と、うなずきながら聞いてくれた。

「古来、夢はいろいろな解釈がなされてきたのですよ。誰かの夢を見る時は、相手が自分のことを思ってくれているからだという説もありますしね」

「相手が自分をですかい」

「そうです。だから、これから自分に縁のありそうなものが見えると考えることもできます。夢告《ゆめつげ》とか夢占《ゆめうら》なども、古くからよく行われていますよ。行く末への暗示を読み取るわけです」

「ってことは、これからお裁きや捕り物と縁ができるってことでしょうか」

財布の金子《きんす》と縁ができるなら大いにありがたいが、奉行所や牢屋敷とは、できればあまり関わり合いになりたくない。

「そうですねぇ。まあそのものずばりそうではなくとも、例えば、何かを探さなきゃいけなくなるとか」

「探す？」

捕り物やお白洲の夢。そういうふうに解くのか。

「逆夢《さかゆめ》なんてのもありますからね。例えば、泥棒に入られる夢を見ると縁起が良いとか。そうそう、火事の夢も縁起が良いなどというのもありますし」

「泥棒？　火事？」

なぜそんなのが縁起が良いんだろう。

「ええ。泥棒は、無用の物が片付く、火事は、これから家業が燃え盛って繁栄するという解釈をするんだそうです」

「へぇ……」

ずいぶん、都合が良いようだ。でも、そういうことならありがたい。

「じゃあ、手前の夢は、どうなんでしょう」

弁良坊はしばらく考えていたが、やがて、やはり涼しい顔のまま、にやっと笑った。

「そうですね……。思いがけずそんなふうに捕まるというのは……もしかすると、誰かがお席亭に会いたがっているという、暗示かもしれません」

「会いたがってる？」

「ええ。それも、かなり執着のある人が」

「それって、良いことですかい？」

「どうでしょう……」

弁良坊はちょっとだけ、遠い目をした。

「悪い事じゃ、ないと思いますけれどね」

三

年が明けて、安政《あんせい》四年（一八五七）——。

「おめでとーぉ、ございまーす」

「本年もどうぞ、よろしくお願いしまーす。まずはお祝い、ご来場の皆さまのご運がますます開けますよう、枡《ます》の舞は、ぱっと開いた傘の上、義経《よしつね》の八艘《はっそう》飛び……」

皆紅《みなぐれない》の大きな傘の上を、白木の枡が飛んだり跳ねたり、かけめぐると、客席からわーっと拍手と歓声が巻き起こった。

——お正月はやっぱりこれよね。

もちろん太神楽《だいかぐら》はいつだって楽しいが、やはりお正月に見るのは格別だ。

おえいの背で、日に日に重みを増すお初が、手足をばたばたと動かした。

——太神楽って、こんな小さい子にも分かるのかしら?

初席が無事、幕を開けた。

常のように噺の前座は出さず、まず太神楽の二人、円屋万之助《つぶらやまんのすけ》、万太郎《まんたろう》に上がってもらい、正月らしい風情で席を温めてもらう。

次に上がるのは手妻《てづま》の夜半亭《やはんてい》ヨハン。それから仲入り前が噺家で、これは御伽家の二つ目、一寸《いっすん》。

「呂香さん、良かった、来てくれた……」

暮れの別れ際、機嫌の悪かった女義の竹呂香が、出番をすっぽかすのではと、秀八は本気で心配していたらしいが、もちろんそんなことはなく、むしろ晴れやかな顔で現れた。

「あけおめねー、お席亭、おかみさん。今年もよろしく」

「何ですか、その〝あけおめ〟って」

「ほら、〝あけましておめでとうございます〟って、長いじゃない? おまけに、一度や二度なら良いけど、会う人会う人に言ってると、だんだん面倒くさくなっちゃって。短くしてみたの」

呂香の語る義太夫はしっとり、たっぷり、情の深い芸で客を魅了するのに、日ごろの物言いは、こちらが驚くほどさばさばしている。

「ごあいさつも短くしちゃうんですか、面白いですね」

「だってほら、江戸っ子でしょ？　〝当たり前だ、べらぼうめ〟だって〝あたぼうよ〟って短くなっちゃうんだし」

「まあ、そうですね」

「お初ちゃーん。おばちゃんまた来たわよ。ことよろねー」

どうやら〝今年もよろしく〟まで短くしてしまったらしい。

「ああ、それなんだか面白いな。じゃあ、おれはそんな噺をやろうかなぁ」

呂香の〝あけおめ〟を聞いていた、トリをつとめる真打《しんうち》、御伽家弁慶がそうつぶやいた。

「そんな噺、あるんですか」

呂香がへえという顔で弁慶を見た。

「ええ。楽しみにしといてください……。ところで、呂香さん」

「はい。なんですか」

弁慶の口調がいささか改まったので、呂香が急に真顔になった。

――弁慶さん、まさか何か苦情でも言うんじゃ。

翠と呂香の言い争いは、当然弁慶の耳にも届いていたはずだ。

「あの、く、暮れは、うちのぐはが、たいへん失礼を」

「ぐはは？」

「や、なんだか、やかましい婆《ばばあ》で、申し訳ねえことを」

「ぐはは、って、あっ、愚母……ああ、翠姐さん……」

呂香はけらけらとひとしきり笑ってから、「いいえ、こっちこそごめんなさい」と頭を下げた。

「大先輩に向かって、言葉が過ぎたって、実は気になっていて。すみませんでした」

「いや、おっ母のやつ、あれでけっこう反省したみたいで。人前で身内に向かってむやみに小言を言うのは、どう考えてもやっぱり粋じゃないよねって、だいぶ凹《へこ》んじまいまして。呂香さんに会ったら、謝っといてくれって。やあ、良い薬ですよ。手前からもわびを言います」

──ああ、そういうことだったの。

暮れに翠から、「これからは、弁慶や鬼若が出る時は、自分を顔付《かおづ》けしないでほしい」という申し出があったのだ。

翠の性分では、同じ場にいればどうしても小言が出る。それを避けようという心配りらしい。

──いいね、翠さん。

そういう人だから、きっと翠の小言は後を引いたりしないんだと思う。

おえいの頭にふと、思い出したくない姑《しゅうとめ》の顔が浮かんだ。

――それにしても。

照れ笑いを浮かべる大男の弁慶と、相変わらず化粧っ気のない頰を、薄紅色に染めた小柄な呂香。互いに顔を見合わせては「うふふ」「へへへ」と笑い合っている。

――もしかして、なんか良い雰囲気？

やがて呂香が上がって〈新口村〉、梅川忠兵衛心中道行きの雪景色をたっぷり聞かせ、それから入れ替わりに弁慶が上がっていった。

「ぎょけーい。えーじつー！」

御慶。永日。

――へえ、こんな噺もあるんだ。

暮れに買った富くじが千両の大当たりとなった八五郎《はちごろう》。お祝いと年始を兼ねたごあいさつに方々を回ることになるが、ちゃんとした言葉遣いが苦手で、どうにも口上が覚えられない。

「もっと短いのはないのか」と大家に泣きつくと、「とりあえずあいさつには〝御慶〟って言えば良い。また、もし上がっていけと言ってくださる方があったら〝永日〟と言えば、〝そのうちゆっくり伺います〟の意味になる」と教わったので、この二つの言葉だけを大声で言って回って……。

弁慶が声の高さや大きさを自在に変えながら「ぎょけーい。……えーじつ！」と何度も繰り返す。時に「えーじつ。です！」なんて言ったりもして、そのたびごとに客席から笑い声が上がる。

——ああ、なんか、良い年になるかも。

清洲亭の新年はまずまずの滑り出しとなったが、二日の日暮れ頃から、お天道さまのご機嫌がややあやしくなり、客の足下が悪くなったのは残念だった。

「あら、雪」

三日の朝は、海に近い品川も、うっすらではあるが、一面白くなっていた。

「あのう、清洲亭ってのは、ここだよね？」

真新しい足跡を付けながら、女が一人、訪ねてきた。あんまり朝早くなので、正月早々納豆の振り売りでも来たかと思ったが、それらしい荷は持っていない。

「団子屋とここで、子守手伝いを探しているって聞いてきたんだけど」

「あ、はい。そうですが……」

「どうかねぇ。あたしのような者でも、雇っていただけるかい。子守はもちろん、水汲《みずく》みでも薪割《まきわ》りでも、何でもしますよ」

ぺこぺこと何度も頭を下げるそのかなり年配の女の顔に、どこか見覚えがある気がする。着ているものは、こざっぱりとはしているが、だいぶ年季が入った木綿の綿入れで、膝のあたりが擦れて薄くなっているのが分かる。

誰とは思い出せぬまま、まだ雇うとも雇わぬとも返答せぬうちに、その女はさっと立って、手ぬぐいを姉《あね》さん被《かぶ》りにし、台所の水瓶《みずがめ》をのぞき込むと、「井戸はどこ?」と手《て》桶《おけ》を提げた。

ちょっと猫背だが、足取りはしっかりしている。

寒くてつい億劫《おっくう》で、今朝はまだ水を汲んできていなかった。

「向こうだけど……」

女は裏庭にある井戸へ出て行った。釣瓶《つるべ》を動かす音がする。

手桶を持って三往復してくれたらしい。清洲亭で使う火の材はほとんど炭だから、薪を割ることはないけれど、水汲みは重労働だ。そこそこの歳《とし》だろうに申し訳ないな、と見ていると、また女が裏庭へ出た。

――どうしたのかな?

「ああ、おかみさん、これ、使っていいね?」

「え、ええ」

今度は表へ出て行き、竹箒《たけぼうき》を器用に使って、薄く積もった雪といっしょに、あたりの塵芥《ちりあくた》や落ち葉を、手早く掃き集めてしまった。

「今のうちにこうしておけばお客さんの足下、悪くならないでしょ」

「ああ、ありがとう」

「さてと。次は何する？　そうだ、お洗濯。ちっちゃいお子があるんだもの、お洗濯物、あるでしょう」

「え、あ、はい」

「さ、出して出して」

女はさっさと、おむつの入れてあった洗い桶を見つけ、また井戸の側へ陣取った。

——あの人、もしかして……？

まさか。全然様子が違う。だけどもしそうだとしたら、何のつもりだろう。

おえいが戸惑っていると、秀八が起きてきた。

普請のはじめはだいたい松が明けてからなので、正月の大工はのんびりだ。

「おい、誰か来たのか、こんな早くに」

「う、うん……それが。手伝いに雇ってくれって、女の人が」

「へえ。で、どこにいるんだ」

「井戸。もう働いてくれてる」

「なんだ、ずいぶん手回しがいいな」

幸い雪は明け方ですっかりおさまったらしく、東の空にはまだ雲が厚く見えるものの、西の方はすっきりと青い。

「朝は雑煮か？　面倒なら焼いた餅だけでもいいぞ。お初なら見ててやるから」

「あ、そうだね」

元旦の雑煮には、海老《えび》やかまぼこなども奮発したが、さすがに三日目ともなると、そういろいろ取りそろえてはいられなくなる。

お初はまだ餅というわけにはいかないから、どうしてもお初の分だけは米を柔らかく炊かなければならない。細かく切った大根や菜っ葉の柔らかいところなどを入れて、おじやにする。湯通ししたしらすをちょっと載せて「尾頭《おかしらつ》付きだよー」なんて出すのが、この頃よくやる手だ。

そんなこんなでばたばたしているうちに、女はすっかり洗濯を終えたのか、おえいに近づいてきた。

「雑煮にするなら、澄まし、作ってあげるよ」

「あら、そうですか、すいません。それじゃ、あとで芸人さんたちも起きてくると思うから、多めに作っておいてくださいな」

「はいよ」

——助かる。

なんだか手際よく朝餉が済んで、お初の小っちゃな口もよく動いて、ふう、となった時だった。

「はい、おかみさんの分」

「まあ、ありがとうございます。じゃあ、ご自分の分も、どうぞ」

「あ、いいんだよ。あたしは済ませてから出て来たから」

今度は、碗《わん》から上がる湯気に、ふうとなる。

——わあ、うれしい。

おえいの頬が緩んだのを見てとったのか、女が切り出した。

「で、あたし、雇ってくれるよね」

「あ、ええ、ええ……でも」

「でも、なんだい」

「間違っていたらごめんなさい。おまえさん、もしかして、お加代《かよ》さんじゃ？」

女がばつの悪そうな顔をした。

「やっぱり、覚えられちまってたんだねぇ。悪いことはできないねえ」

やりとりを聞いていた秀八が「あん？」とこっちを見た。

「おまえ、この人知ってるのか」

「知ってるも何も……。おまえさんは覚えてないのかい？」

「さあ、おまえほど、お客さんの顔をすっかり覚えてる方じゃないからなあ、おれは」

秀八は寄席の客の誰かかと思ったらしい。

「お客さんじゃないよ。ほら以前……」

おえいの言葉を遮るように、女はがばっと体を折り曲げ、床に手を置き、頭をこすりつけた。

「あの時は、本当に、本当にごめんなさい。本当に、申し訳ありませんでした。ちょうどね、あの頃あたし、人にだまされて、お金取られて住むところもなくてひどい暮らししてて。そいでつい、金に目がくらんで、あんなことを」

「あんなこと？」

秀八はまだ思い出さないのか、きょとんとしている。

「でもね、あの時、おかみさん、あたしに団子、食べさせてくれたでしょ。あれおいしくて、うれしくて。本当に、悪いことしちゃったなあって。でね。番屋に突き出されたけど、結局お仕置きは受けずに済んだの、きっとあれもおかみさんのお人柄のおかげだと思ったの。だからね……」

「あ！　てめえあの時の婆ぁ！」

「ああ、ご亭主、本当、怒るのも無理はないよね。申し訳ない」

あれはちょうど、おえいのお腹《なか》の中に、お初を授かったばかりの頃だった。

店先に、入れ替わり立ち替わり、妙な言いがかりを付ける者が現れて、おえいがほとほと対応に困ったことがあった。お加代は、言いがかりを付けてきた一人だった。

秀八にひっくくられたお加代が「金をもらって頼まれてやった」と白状して、おとなしく番屋へ突き出されたので、店はじきに元通りになったものの、当座の秀八の怒りはそれはそれはものすごかった。どうやら、頼んだのは、秀八の異母兄、千太《せんた》であったらしい。

「幸い、あの後、働き口があったりして、なんとかこうしてやってるの」

確かに、あの時と同じ人とは思えない。髪もちゃんと結っているし、顔も化粧っ気こそないものの、あの時のように日や風に晒《さら》されっぱなしといった様子ではなくなっている。

「おえい。こんな婆雇っちゃだめだ。追い出せ。塩まいてやる」

「ご亭主。確かにそう言われてもしょうがないんだけど。後生だよ、そこをなんとか」

「うるせぇ。あの時の婆って分かった以上は」

「お願いですよ、おかみさん。あたし、罪滅ぼしがしたいんだよ。ね。だからこれまでも、何度も団子屋の前、実は行ったり来たりしてたの。このままもうやらないのかしら、おかみさんの顔、もう見られないのかなって、ずーっと気にしてて。だから張り紙見てうれしくて。今まで奉公してたとこ、暮れに暇もらってきたのよ。ね、だからお願い。頼むよ。必ず、お給金以上に働くから」

お加代は何度もおえいを拝むように手を合わせたかと思うと、今度は繰り返し繰り返し頭を深々と下げる。油っ気の少ない髪が、そのたび床にこすれて、かさこそと音を立てた。

——どうしようかなぁ。

秀八の怒りも分かるが、おえいはなんとなく、お加代のことが憎めなくなっていた。

お初が目を覚まし、「あーあー」と声を上げだした。すると、どこからともなく、白いものが現れて、お初に寄り添っていく。

「あら、五郎太《ごろうた》さま。今日はお早いこと」

おふみの飼い猫である白猫の五郎太は、ちょくちょく清洲亭に姿を見せる。我が物顔で悠々と闊歩《かっぽ》し、芸人や客から「猫神さま」と崇《あが》められる人気者だ。

「きゃっきゃっ。にゃーにゃ。にゃーにゃ」

「あら、にゃーにゃ、だって。かわいいねえ」

お加代がうれしそうにお初の方を見た。目尻にいっぱい寄った皺に、いくらか涙がにじんでいるように見える。

「分かりました。お加代さん。じゃあ、今日から手伝ってください」

「まあ、本当かい。ありがとう」

「おいおい、何言ってんだ、おまえ」

「ね、いいじゃない。ここまで言ってくれるんだから。〝木を見た小猿は〟っておまえさん、言ってたじゃないか」

「あん？　ああ……」

義を見てせざるは勇無きなり。

これが義かどうかはともかく、ここまで熱心に働きたいと言ってくれる人を、頭から断ってしまうのも残念だ。

「じゃ、お加代さん。団子屋をまた始める段取り、手伝ってくださいね」

四

——だいじょうぶか、あんな婆雇って。

お加代はあの時、白装束に身を包み、歩き巫女《みこ》みたいな格好で店先に立ち、「ここの団子を食べると祟《たた》りがある」と騒いだのだ。

あの騒動を思い出すと、秀八は未《いま》だに肝《きも》が煮えるような気分になる。

おえいには、「お加代を番屋に突き出したあと、お役人が動いてくれた。千太はもともと、江戸追放の沙汰を受けている罪人なので、お役人の影がちらつけば姿を見せなくなるはず」と言った——ちゃんと話してくれたのは自分ではなく、弁良坊だが——のだが、それはちょっと、実際に起きたこととは違うのだ。

実のところ、人殺しでも泥棒でもなく、あんな小さな団子屋に苦情や噂《うわさ》で嫌がらせをしたくらいでは、役人も目明かしも動いてくれない。千太を追い払うことができたのは、弁良坊と、絵師の新助《しんすけ》のおかげだった。

髪結いのお光《みつ》の亭主で、ろくに仕事もせず、始終酒ばかり飲んでいる新助だが、絵は上手い。のみならず、どうやら腕っ節の方も相当だ。柔《やわら》の心得があるのだと弁良坊は言っていた。

ただ、新助には、そのことをあまり人に知られたくない事情があるらしい。秀八も子細は知らないのだが、弁良坊と妙に気が合うところを見ると、もとはお武家なのかもしれないと思ったりもする。

あの時は、自ら千太のねぐらに乗り込んでいった秀八に、弁良坊と新助が加勢してくれたおかげで、「清洲亭の三里四方に立ち入らぬことを約す。反した時は金十両を払う」との念書を書かせることができたのだ。

――ぎりぎりまで腕を痛めつけたって、新助さん言ってたよな。

要するに脅して書かせたわけだが――まあこの場合、それくらいは許されるだろう。

そんなならず者の千太、己と半分血のつながっているだけにいっそう忌々《いまいま》しい異母兄に金で頼まれて、馬鹿な騒ぎを起こした婆。

――何もそんな婆、雇わなくても。

しかし、秀八の不満をよそに、おえいはお加代に手伝わせ、ちゃくちゃくと団子屋を再び始める支度にかかってしまった。

朝餉を食べ終えて、お初を背中に店へ出て行くおえいは、なんだか楽しそうである。団子屋での仕事を終えると、そのままお加代は清洲亭にもついてきて、お初の面倒を見たり、掃除をしたりと、だいたい夜席が終わるくらいまで何かと手伝ってから、「じゃ、また」と帰って行く。

——妙にうまくいってやがる。

「お席亭」

中席が始まり、大工仕事と両方で一段と忙しくなってきたある日、前座の鬼若が頭をかきながら話しかけてきた。

「あのお婆さんに、あんまり寄席で仕事しないでくれって、言ってもらえませんか」

「なんだ？　どういうことだ」

「なんだか妙に手早くて。手前、肩身が狭くなっちまうんです……」

ひょろっと長い背を丸めながら、ぼそぼそと鬼若が語ったところによると、客席の掃除や師匠方へのお茶出しなど、本来前座のやるべき仕事まで、お加代が片っ端からやってしまうのだという。

「手前が愚図なのは分かってます。いつも翠師匠に小言もらってますから。でも、これも修業です。なんだか怠けているように師匠方から思われるのは、困るんです」

――ふうん。

「分かった。言っとこう」

今のところ、お加代が働き者なのは、本当らしい。

「あら、お加代さん、悪いわねぇ」

「いいんですよ、お師匠さん。半襟《はんえり》なんてあっという間ですから」

「助かるわぁ。あたしお針きらいなのよ。かといって、お客さんの前に、あんまり汚れた襟で出られないし」

呂香の声だ。どうやら、お加代に襦袢《じゆばん》の半襟を付け替えてもらったらしい。

――まあ、いいか。


十五日、小正月には、施主の頼みで、普請場で左義長《さぎちよう》をした。しめ縄やら門松やら、きっちり焚《た》き上げ、無病息災やら家内安全やら商売繁盛やら、あれこれと祈る。

施主の隠居には、暮れに拾った財布のことはもちろん伝えた。隠居が持ち主なら、いくらか多めにお礼がもらえるだろうとつい取らぬ狸《たぬき》を数えてしまったが、隠居のものではないという。

「そんな大金の財布があったら、良い方の柱を使えたのにねえ」

いっしょに木を見に行った時、さんざん迷った挙げ句、秀八が「一番おすすめ」と言った方ではなく、二番手のちょっと安い方の木にしたのを、隠居は今更ながら少し気に病んでいるようだ。

「だいじょうぶですよ、細工はきっちりやりますから」

「頼むよ」

火の始末を念入りにして、寄席へ戻る。

世間様はそろそろお屠蘇《とそ》気分が抜ける頃だが、寄席はまだまだ正月のしつらいだ。トリまで無事に終わって、鬼若の叩《たた》く几帳面《きちょうめん》な追い出しの太鼓の音が鳴り続けている時、恰幅《かっぷく》の良い、羽織姿の年配の男が「おい、席亭はおまえか」と声をかけてきた。見慣れない顔だ。大店《おおだな》の商人が旅の途中といったところかなと思いながら応対すると、男は寄席から帰る客とは思えぬ狼狽《ろうばい》ぶりである。

「紙入れがないんだ」

「……とおっしゃいますと」

「ここに来た時は、確かにあったんだが」

男はそう言いながら、懐や袖に何度も手を入れてみせた。

「どこにお持ちになっていたので……？」

「帯に挟んでいたはずなんだ」

　――じゃあ、どこかに落としたんじゃないのか。

〝懐中ものなどは、めいめいでお気を付けてお持ちください〟とは、いつも前座に言わせていることだが……。

「根付《ねつけ》もついてる。落とすというのは考えにくい……」

「分かりました。少しお待ちくださいますか。お客さま皆さま帰られましたら、小屋中探しますので」

「そうしてくれ。困るんだ」

　居合わせた弁良坊が、こっちを心配そうに見ている。秀八は手招きして、そっと事情を話した。

「……先生、そういうわけなんで」

「分かりました。まずは客席を探してみましょう」

　弁良坊が座布団を一枚一枚片付け始めたのを見て、お加代がさっと入ってきた。太鼓が止《や》んで静かになり、鬼若が探索に加わった。

「何かあったんですか」

　トリの御伽家文福《ぶんぷく》が顔を見せた。

「あ、いえ、何でもないんで……師匠はどうぞ、お気になさらずお駕籠へ」

「何でもない」というのを聞きとがめたのか、財布を探索中の男がじろりとこちらを見たが、秀八はともかく文福を見送り、客席だけでなく、廊下や雪隠《はばかり》、下足を預かる土間の隅々に至るまで、すべてを探した。

「申し訳ありやせん。どうも、お探しのものはないみたいで」

「なんだ……。どうしてくれるんだ」

――どうって言われても。

むっとしてしまうのを懸命にこらえて、下手《したて》に出る。相手はお客さまだ。

「あいすみません。もし後から出ましたら、必ずお知らせしますんで、どうかお名前とお所をお教え願えますか」

客が言い置いていったのは北品川の宿の名だった。やはり旅の人らしい。

「まったく……。新年早々、縁起の悪い寄席だ」

木戸を出る折、客の口から出た捨て台詞に、その場にいた者の動きが一斉に止まった。嫌な静けさで、何もかもが凍り付いたようになった。

秀八のまぶたがぱちぱちとしばたたいた。

「冗談じゃねえ！」

これまで我慢していた鬱憤が一気に噴き出てしまう。

「てめえの失《う》せ物じゃねえか。こっちに落ち度なんぞありゃしねえ。縁起の悪い寄席たあなんだ！」

怒鳴った途端、お初の鳴き声が「ぴぇえええ……」と響きだし、おえいが慌てて抱き上げた。

「お席亭。怒っちゃいけませんよ。お客さん、きっと決まりが悪かったんでしょ、みんなして探してくれたのに出なかったから。言うに事欠いて出た台詞でしょうよ」

お加代がのんびりと慰めた。

「きっと、実は宿に置いてあった、なんてことになるでしょうから。ね」

「そうですよ。お加代さんの言うとおりです。あんまり気にしちゃいけません」

弁良坊までがそうなだめるので、秀八はようやく怒りを収める気になった。

ところが、である。

その客の紙入れはやはり出ないまま、それから三日後にも、同じようなことが起きた。今度は女客で、しかも秀八もおえいも顔をよく知るご常連の、料理屋のお内儀《かみ》が、やはり紙入れを紛失したのだ。

さすがにご常連なので、秀八やおえいに向かって雑言《ぞうごん》を浴びせるようなことはなく、かえって「あたしが不注意で、申し訳ないねえ」と謝ってまでくれたのだが、同じ客商売だからだろう、気になる忠告をしてくれた。

「ねえ棟梁《とうりょう》。こういうことを考えるのはいやだけど、客の中に掏摸《すり》か盗人《ぬすっと》が紛れ込んでる、ってことは考えた方が良いかもしれないよ」

「客の中に掏摸や盗人……」

「そう。よそ様にあまり聞かせたくない話だけど、うちで前にあったのよ。客としてちゃんと金を払って飲み食いしていくけど、実は別の客の懐を狙ってた、っていう」

「そんなことが」

「そう。酔ったお客さまが、ちょっと席を外した隙なんかにね。うちで捕まった泥棒は、平然と何度もちゃんと金を払って飲み食いして、下見していたらしいもの」

お内儀の話を聞いていた弁良坊が、「なるほど」と相づちを打った。

「寄席のお客さんは、高座《こうざ》に夢中になっていたりすると、けっこう注意が他へ逸《そ》れているでしょうし。夜席はどうしても暗いですから、むしろ、これまでこういうことがなかったのが幸いだったと、考えた方がいいのかもしれません」

「そりゃあ、どうすればいいですかね」

「源兵衛親分に相談したら？　うちは結局親分に頼んで、捕まえてもらったのよ」

「ああ、それが良い。やはり、餅は餅屋でしょう」

――源兵衛親分か……。

確かに、掏摸や盗人なら、目明かしの出番だろう。

じゃあ明日の朝一番で番屋へ、と決めた秀八だったが、布団に入っておえいとお初、家族三人になると、ふっとこぼれたものがあった。

「……しかし、な」

「ん？　どうしたの。おまえさんが寝付けないなんて、珍しいね」

「客として木戸銭払ってくれた人を疑うってのは、嫌なもんだな」

「ああ……。そうだね」

寄席の客に悪い人はいない――なんてことが言えるほど、世の中甘くないことくらいは、分かっちゃいるが。

「そういう人はきっと、ちゃんと高座を見ていない人だからさ。お金は払っていても、お客さんじゃないよ」

「そう……そうだな」

「だいじょうぶ。お天道さまは、お見通しだよ」

おえいの口からいつもの台詞が出て、いくらか気持ちが晴れると、秀八はすーっと眠りに落ちていった。

翌朝、訪ねていった源兵衛は、秀八の話をとても丁寧に聞いてくれた。

――良かった。もっと怖いお人かと思った。

何しろ、夢の中ではこの人にひどい目に遭わされている。正直おっかなびっくりだったのだが、現実の源兵衛は至って親切だった。

「なぁるほど……寄席の客の懐中を狙う盗人たぁ、ありそうなことだ」

「どうすればいいでしょう」

「なに、今晩からでも、何人かこっそり、客席に下っ引きを入れよう」

「あ、あの、そんなことして、他のお客さんには」

目つきの鋭い者が何人も陣取ったりしたら、客は落ち着いて高座を見ていられないのではないか。

「なあに、気にすることはねぇよ、みんないろんな者になりすますのに慣れてるやつばかりだ。ぱっと見て下っ引きでございなんて、間抜けな風情のやつは行かさねぇから」

「そ、そうですか」

「ただ、そのうち実際に捕り物騒ぎが起きるのは、覚悟してもらわなくちゃならねえが。まあ一度捕り物があると、蛇《じゃ》の道は蛇《へび》で、他のそういう輩《やから》に伝わって、しばらくは狙われなくなるから、安心したら良い」

「分かりやした」

「ただな。これはちょっと言いにくいんだが」

源兵衛は腕組みをして、声を低くした。

「下っ引きが見張るってことを、できるだけ人に知らすな。おまえさんだけか、せいぜい、女房くらいに留《とど》めておいてくれ」

「それはいったい」

「こういうことを言うとなンなんだが、悪さをするのが、客とは限らねえ。むしろ、おまえさんが身内と思ってる中にいるってのも、存外大ありなことだからな」

「身内と思ってる中……」

「気を悪くしないでくれよ。ただ、お店《たな》なんかじゃちょくちょくあるんだ。物や金が無くなったと言って調べたら、身内や奉公人の仕業でした、なんてことが」

源兵衛の言葉に、実はすでに秀八自身もいくらか、思うところがあった。

――お加代の仕業なんじゃないか。

木戸の入り口では、客から木戸銭をもらい、下足を預かって札を渡し、それから座布団を渡す。木戸銭をもらうのは昼席は庄助《しょうすけ》、夜席はおえいのことが多い。下足番はだいたい島崎楼の若い衆が交替でやってくれているが、座布団を渡すのはその時に手の空いている者が随時入る。

――近頃はよくお加代がやってるよな。

もし、あの老婆が手練《てだ》れの掏摸だったりしたら、座布団を渡す時に……。

「なんだお席亭、心当たりでもあるのかい？」

「いや、そういうわけじゃないんですが……」

つい怪しんでしまうが、証拠があることでもない。秀八は一応、黙っておくことにした。

――下っ引きの見張りの件は、おえいにも言わない方がいいかもしれねぇ。

お加代に限らず、身内に疑いの目を向けるってのは、気持ちの良いものではない。源兵衛に言われたとおりに話せば、きっとおえいは嫌がるだろう。

「じゃあ親分、どうぞよろしくお願いいたします」

「おう。早速今晩から誰か行かせるから……。だいじょうぶ、木戸銭もちゃんと払わせるよ。気遣いはいらねぇ」

源兵衛はそう言って、秀八の肩をぽんと叩いた。

――夢とは違って、頼りになる親分さんのようだ。

暮れに見たひどい夢を、秀八はちょっと申し訳なく思った。

五

下席が始まった。

「じゃおかみさん、またね」

「体に気をつけてね。ちゃんと戻ってきてよ」

呂香は芝《しば》の浜本《はまもと》へ、ヨハンは日本橋《にほんばし》の末広亭《すえひろてい》に出るというので楽屋を引き払っていった。代わりに来たのは、翠と、器械屋一郎二郎である。

「へーえ。何度見ても面白いね、この人形」

翠がからくり人形の一郎をつくづくと眺めた。

ゼンマイをきっちり巻かれた人形の一郎が、くるくると動いて矢を放ったり、鞠《まり》を投げたりする。その動きに合わせて、人間の二郎が、舞を舞ったりとんぼを切ったりする。刷り物に載せる芸名が一郎二郎なので、二人組だと思う人が多いのだが、「一郎」は人形だ。人間の二郎がからくり人形の一郎を操る芸である。

翠が出るので、前座は鬼若ではない。

「よろしくお願いいたします」

神妙に楽屋働きをしているのは、九尾亭又《また》たび、トリをつとめる猫又《ねこまた》の弟子だ。弁慶の御伽家とは違う一門だから、翠も多少小言を遠慮してちょうど良いのではと決めた顔付けである。

——それにしても、何か、おかしいな。

おえいはお初を背に団子屋へ向かいながら、このところの秀八の態度に、ひっかかるものを感じていた。

立て続けに起きた、客の懐中物の紛失。目明かしの源兵衛親分に相談に行った秀八だが、「どうだった」と尋ねても、「いや、まあ……」とまともに返事をしない。

――何を隠してるんだろう。

気には掛かるが、隠し事は苦手な秀八だから、いずれ分かるだろうと割り切って、まずは団子の下拵《したごしら》えにかかる。

「おかみさん、おはよう」

「ああ、お加代さん、おはよう」

おえいの作る団子は、餅米の白玉粉、うるち米の上新粉、二種の混ぜ具合が肝だ。上新粉は熱い湯で、白玉粉はぬるま湯で捏《こ》ねてから混ぜる。

「耳たぶくらいの硬さでね」

団子と餡《あん》、蜜《みつ》を用意して、七輪に炭を入れれば、客を待つ支度は万端だ。

「そこの様子の良いお兄さん、お団子どう、ここで食べるだけじゃなく、お土産も？　ああうれしいね、たくさん買ってくれて、男前だねえ」

「あ、お嬢ちゃん、蜜が良い？　餡かな？　迷ったら両方にしようか」

「お姉さんお姉さん、べっぴんさんにはおまけだよ、餡をたっぷりめにしておいたからね」

店に立つお加代はまさに手八丁口八丁で、客あしらいも上手い。

「あらぁ、おかみさん、ほら、もう団子、あと二本になっちゃった」

「ほんとだ」

ありがたい。

「じゃあ、早じまいにして、その二本はいっしょにいただきましょう」

「あらうれしい」

客の途切れた隙を見て、お加代がさっと暖簾《のれん》をしまい込んだ。

「はい、蜜でも餡でも、好きな方をたっぷりつけてどうぞ」

二本をあぶり、炭を消し壺に移す。火の始末が一番気を遣う。

番茶を飲みながら、おえいは自分も団子を頬張った。

「お初。ほんのちょっとだけ、食べてみるかな？」

串から一つ外し、米粒くらいの大きさにちぎって、小さな口へ入れてみる。

ごくん。

お初は上手に飲み込んで「あー」と機嫌良く声を上げた。

――ああ。

〝這えば立て　立てば歩めの　親心〟とは、よく言ったものである。

「良いね、子ども。羨ましいよ」

先に食べ終わったお加代が、ぼそっとつぶやいた。床几《しょうぎ》に腰掛け、足をぶらぶらとさせているのが、なんだか子どもに返ったような仕草である。

「お加代さん、所帯持ったことは？」

言ってしまって、おえいははっとした。

人それぞれ、事情はさまざまだ。来し方を詮索するようなことは、口にすまいと思っていたのに。

「ああ、ごめんなさい、言いたくないことは、言わないでね」

「いいえ、いいんですよ……あたしね、一度だけ、所帯持ったことがあるんだけど。でもね、だめな女でね」

お初がうとうと、目を閉じかけている。そっと座布団に寝かせ、上からねんねこ半纏《ばんてん》をかけると、すやすや寝息を立て始めた。

「いいねえ、かわいいねえ。なのにあたし、自分の産んだ子置いて、出て来ちまったの」

――え？

思いがけず、重い話だ。

どう聞いていいものやら分からず、おえいはただただ黙っていた。

「あたしね、元は女郎でね。そのせいで、家の中のこととか、からきしだめだったの」

今の手八丁口八丁ぶりでは、まったくそうは見えないが。

「本当？　お加代さん、何でも手早いじゃない？」

お加代が大げさにかぶりを振った。

「それはね。ほら、生きるためには稼がなくちゃならないじゃない？　女郎上がりの女が一人で生きていこうと思ったら、仕事選んでられないもの。だから今じゃ、そこそこ何でもやれるようになったけど、その頃はね。女郎の年季が明けたばっかりで、夫婦《めおと》になろうって言ってくれた人があって、いっしょになったんだけど。全然、無理だったのさ」

どう相づちを打ったものやら。おえいはただ黙って話を聞くことにした。

「どだい、無理ってもんだったんだよ、あとから思えば。客だった男の言うこと真《ま》に受けて。でもさ、その男も、馬鹿だよね。女郎の言うこと真に受けてさ」

お加代が湯飲みにもう一杯茶を汲んだ。

「おかみさんのある男だったんだよ。だけど、廓《くるわ》に通い詰めてきて。こっちはすごく惚《ほ》れたってわけじゃなかったんだけど、なんだか張り合う気持ちもあってね。つい言っちまったの、〝おかみさんと離縁する気があるなら、いっしょになるよ〟って。罪作りだよね」

――ええ？

「まさか本当に離縁なんかしないだろうって、高をくくってたんだけど。〝離縁してきた、だからいっしょになってくれ〟って。それ聞いてつい、絆《ほだ》されちまったんだ。それまで散々金を使わせたっていう負い目もあったし」

「お加代さんがいたのは、吉原《よしわら》なの？」

恐る恐る、尋ねてみる。

「ああ、そうだよ。もちろん、たいした見世《みせ》じゃないよ、あたし程度の器量だからさ、切見世《きりみせ》、それもだいぶ格下の方」

──まさか、ね。

「でもね、女郎暮らしが染みついた身には、堅気の所帯で、朝ちゃんと起きて、ご飯を炊いてお付けを作って洗濯して掃除して……って、辛くてね。寝坊はしたい、昼酒もしたいって、だらしなくなっちゃうんだよ。ああ、これはもう無理だなあって思って。あたしだけじゃない、男の方も、これはしまったって思ったんだろうね。みるみる愛想を尽かしていくのが手に取るように分かってさ」

お加代は天井の方を見つめている。目尻からつーっとこぼれるものが見えた。

「いつ出て行こうか、って思ってたら、因果なもんだ、身ごもっちまったんだよ。ほとほと、困ってねえ。その頃、男がこっそり、もとのおかみさんの様子を何度も見に行ってるのとか、見ちまったりしてたし」

もっと詳しく聞こうか、聞くまいか。

おえいは迷った。

……吉原の切見世に通い詰めて、紅梅《こうばい》とかいう女郎と深間《ふかま》になっていたくせに。

確か、姑のおとよは、秀八の生みの母のことを、そんなふうに言ってやしなかったか。

知りたくもあるが、怖くもある。

「でね、決めたんだよ。お腹の子、産み落としたら、置いて出て行こうって」

胸がどきどきしてきた。なぜそんなことをしたのか。

どうしてって、尋ねて良いものだろうか。迷いつつ、おえいは黙っていたが、お加代の方はどんどんと話を続けていく。

「だって、無理だものね、どう考えたって。それにね。きっとね、乳飲み子置いて出て行かれたら、もとのおかみさんに泣きつくんじゃないかって。もともと、あたしが入った時、まわりの人たちはみんな冷たくてね。あんなよくできたおかみさんを追い出して、なんでこんな女とって、聞こえよがしに言われて、散々爪弾《つまはじ》きにされたから。そんなできたお人なら、元亭主が困ってたら、きっと見て見ぬふりはできないだろう、元の鞘《さや》に収まってくれればいいって……」

——勝手な言い分だ。

だけど、盗人にも三分の理。

泥棒猫にも一分か半分くらいは、理があるのかもしれない。

「で、本当に子ども置いてきちゃったの？」

「うん。ひっどい、女さ」

——確かにひどい。よくそんなことができたものだ。

「さすがに、その後はちょっと心を入れ替えてさ。因果なもんで、独り身になって、亭主の稼ぎがあてにできなくなると、案外しゃんと、働いたりできてね。あっちこっち下女奉公だのなんだのして、どうにかここまで、一人でやってこられたのさ」

　消し壺が次第に冷えてきたようだ。外からの隙間風が、頬をひゅんと嬲った。

「でも、人間の情ってのはほとほと勝手なもんでね。若い頃は、置いてきた子のことは忘れようって思ってた。本当に、忘れたつもりだった。でもねえ……」

お加代の深々としたため息が、風音に重なった。

「もうそろそろ、そんなに先は長くないかなあなんて思うと、一目だけで良い、怒鳴られても殴られても良い、ううん、母親だなんて名乗れなくてもいいから、顔を見てから死ねたらいいなあなんて、柄にもない、しおらしいこと、思ったりするのよ」

——どうしよう。

おえいは一つだけ、思い切って尋ねてみることにした。

「置いてきたお子さんって、男の子？　女の子？」

「男の子。今頃きっと、立派になってんじゃないかな、なんてね……。ごめんね、おかみさん。つまんない話しちゃったね。さ、帰ろう帰ろう」

女郎だった時の名を教えて、とは、さすがに言えなかった。

もし「紅梅」と答えが返ってきたら——おえいはもうどうして良いか分からない。

——もしかして。

もしかして、以前の騒動のあと、うちの人のことを、何かで聞いた？

それで、自分の置いてきた子かもしれないと思って、様子を探っていた？

そう考えると、張り紙をして何日も経たないうちに、あれほど熱心に雇ってくれと懇願してきたことと、確かにつじつまが合う。

もしそうなら。

もしそうなら、どうしたら良いんだろう。

こんな打ち明け話をしたのは、やっぱりどこかで母と名乗り出たいと思っているからだろうか。

いや、でも、もしかしたら、廓のお女郎には、こんなのはよくある話なのかもしれない。ただの偶然かもしれない。

でもこんな偶然なんて、あるだろうか？

頭の中も胸の内もこんがらがって一杯、あふれそうになりながら、家に戻る。

「さて、おかみさん、夕餉《ゆうげ》のお菜《さい》は、どうしようか」

「え？　ああ、たぶん、もうじき魚屋さん来ると思う。何か手頃なもの、持ってると良いけど」

すっかり、何も無かったような顔に戻っているお加代。いったい何を考えているのか、その胸中は、おえいにはよく分からない。

とりあえず、こちらも普通に返答をする。

——あたしから進んで何かしゃしゃり出るのも。

「おや、ずいぶん早いね」

「おう、今帰ったぞ」

「何だ。早く帰ってきちゃいけねぇみたいな物言いだな」

「あ、いや、そんなことはないけどさ……今お夕飯、支度するから」

夜席を始める前に、早めの夕餉を済ませるのが、お初を授かってからの習慣になっている。

「おい」

飯茶碗を片手の秀八の目が、いつになく、何か言いたそうである。

「なに？」

「あのな……」

言いかけた時、這っていたお初がいきなり立ち上がって、そのまま、すとんと後ろに倒れた。

「危ない！」

「おい、だいじょうぶか」

わっと泣くのを秀八が抱きかかえた。

「おう、よしよし、だいじょうぶだ、だいじょうぶだ。お父っつぁんがついてる」

幸い、倒れたのは座布団の上だったので、どこも怪我《けが》などはしていないようだ。

「なあ。頭巾《ずきん》でもしといたらどうだ。暖かくもなって、一石二鳥だろう」

「そうだねえ。早速、作ってみるよ」

お針なら、得意である。

おえいは早速、小さな頭巾を拵えることにした。

「じゃ、夜席、開けるか」

秀八の言いかけの台詞を、ようよう全部聞くことができたのは、夜席もはねて、お初がとっくに寝入ったあとのことだった。

「あのな。あの婆。やっぱりクビにしねえか」

こっちはこっちで、またどきりとするようなことを言う。

「どうして？」

「なんてぇかな。おれ、やっぱりどことなく不安なんだ。どこの馬の骨ともしれねえ、しかも前にはおまえの店に悪さ仕掛けてきた婆なんぞが、おまえやお初の身近にいるっての」

「……でも、よく働いてくれてるよ。お加代さんをクビにするとなると、また誰か雇わなくちゃいけなくなるけど」

もちろん、それだけではない。

――どうしよう。

言おうか、言うまいか。

「あのな。おれ、どうせおまえに隠し事するのは苦手だから言っちまうとな。実はこの下席から、下っ引きがお客に紛れて、客席にいるんだ」

「それって、例のお財布無くなった話？」

「そう。親分さんが骨折ってくだすってる。だからもしかすると、そのうち、うちで捕り物があるかもしれねえ。そうなりゃあ、かなり面倒だ」

――うちで捕り物……。

なんだかぞっとする話だ。

それに、縄付きが出れば、きっといろいろと調べられるだろう。お裁きの場には秀八も立ち会わなくてはならないだろうし、町役の人たちにも厄介をかけることになる。

「確かにそれは面倒だけど……。で、それと、お加代さんと、どういう関わりがあるの？」

秀八の目がしばしばと何度もしばたたいた。

「今のうち、クビにしておいた方が、うちから縄付きを出さずに済むんじゃねえかと」

「それって、おまえさん」

――そういうこと⁉

「おまえさん、まさか、お加代さんが盗人だと思ってるの？　そんな」

「だってな。そう考えると、何もかもつじつまが合うんだ。何か妙に調子の良いこと言って入り込んできやがって。働き者と見せかけて、みんなを油断させといて、本当の目的で一働きしようって……」

そんなふうに見ていたなんて。

「なんてことを。証拠でもあるの？」

おえいはつい大きな声を出してしまった。

「そういうわけじゃないが」

「そりゃああんまり気の毒でしょ。それに、ね。おまえさん」

もうこうなったら、言うしかあるまい。

「もしかしたら、お加代さん、おまえさんの実のおっ母さんかもしれないんだよ」

「なんだって⁉」

今度は、秀八が大きな声を出す番だった。

「あたし聞いちゃったんだもの、お加代さんの身の上話」

「どういうことだ」

「実はね……」

六

「親方、どうなすったんです、ぼんやりして」

「あ、いや、なんでもないんだ」

抱えの大工のうちで、秀八が一番頼りにしている伝助《でんすけ》が、訝《いぶか》しそうにこっちを見た。

「親方、その鑿《のみ》……」

「おっと……確かにこれじゃあ、この木組みの穴は無理だな。すまねえ、ちょっと考え事しちまって」

道具の選び方を間違えるなんぞ、心底どうかしている。

「だいじょうぶですかい。お体の具合でも悪いんじゃ」

「あ、いやいや、すまねえ」

――なんてこった……。

おえいに聞かされた話は、確かに、万蔵《まんぞう》やおとよから聞いている、自分の出生のいきさつによく似ていた。

――でもな。

似てはいるものの、一つだけ、決定的に違うと思うところがある。

去年ここへしばらく逗留していた万蔵は、おえいのことをこう言ったのだ。

……おまえの、その、生みのおっ母さんに、顔立ちがどことなく似ているんだ。

女房のおとよがおえいに辛くあたる理由はそこにあると、万蔵は考えているようだ。

……笑うとえくぼのできるあたりなんざ、そっくりでな。

丸い頬の穏やかな顔、笑うとできるえくぼ。

しかし、どこからどこをどう見ても、お加代はおえいに、まったく似ていない。

顔はどちらかというと瓜実顔《うりざねがお》だ。あごもちょっと尖《とが》っている。そして何より、えくぼらしいものは、どこにもできない。

いくら歳を取ったからって、そこまで人相が変わることはあるまい。

かといって、お加代が話して聞かせたという身の上話は、確かに万蔵やおとよの話とそっくりだ。

――同じような身の上の人が、他にもいるってことは。

吉原と言えば、遊女三千人御免の場所。

ないことではない。かもしれない、が。

尋ねてみようか。遊女の時の名はなんだったかと。

でも、もし、それで「紅梅」と返答されたらどうする——。

おまえの生みの母はこのあたしだと、あのお加代に言われたら。

冗談じゃない。

とんでもない。あんな婆のわけがあるか。

おれの生みの母親が——。

例の夢の話をした時の、弁良坊の言葉が蘇《よみがえ》る。

……誰かがお席亭に会いたがっているという、暗示かもしれません。

それがおれの母親ってのか。

……それも、かなり執着のある人が。

どうにも頭が混乱して、鑿を持つ手が鈍りがちだ。大事な材に傷でもつけては剣呑《けんのん》なので、秀八は仕事を伝助に任せ、自分はいったん普請場を離れることにした。

——貴船《きぶね》の明神《みようじん》さまに、お賽銭《さいせん》上げていくか。

まっすぐ帰ると、おえいの団子屋の前を通ることになる。まだ店は開いているだろうから、おえいとお加代がいっしょに働いているはずだ。

それを目の当《まあ》たりにするというのは——今、なんだか気が進まない。

目黒川《めぐろがわ》の南に、鎮守の森が広がっている。

お初が生まれてすぐ、つまり、大地震のあとは、ここにお救い小屋があって、家が焼かれたり潰れたりした人たちが大勢ひしめいていた。

――早いもんだな。

あれから一年と四ヶ月。

今は、門前に並ぶ店も、地震の前の賑《にぎ》わいをほぼ取り戻している。

手水《ちょうず》を使いお賽銭を上げてお参りを済ませた秀八は、参道の脇に、早咲きの梅が一輪、つぼみをほころばせているのを見つけた。

「おっ母さん、あめ玉買っておくれよ」

「しょうがないねえ。見ると聞かないんだから。一個だけだよ。おまえすぐがりがりと歯で齧《かじ》っちまうんだから。ゆっくり、口の中へ入れておき」

親子連れが露店に立ち寄っていく。

――おっ母さんか……。

おれもあれくらいの頃は、何の迷いもなく、あのおっ母さんを本当のおっ母さんと思って、甘えてたな。

本当のことってのは、なぜこんなにややこしいのだろう。

夜席が始まってしばらくして、久々に姿を見せた者があった。

「佐平次《さへいじ》さん。久しぶり」

「おう。ちょっと時間が空いたんでな。翠師匠のご機嫌でもうかがおうと思って」

島崎楼の主人、佐平次だ。

顔が広く、芸人の裏事情などにも通じていて、秀八にとっては何かにつけ良き相談相手だが、そこはやはり廓の亭主で、海千山千、一筋縄ではいかぬ御仁だ。痛い目に遭わされたり、苦い汁を飲まされたことも、一度や二度ではない。

仲入りに、雪隠へ行こうとする客を案内していると、佐平次が耳打ちしてきた。

「おい。なんで下っ引きが何人もいるんだ。何かあったのか」

手練れの下っ引きたちも、佐平次の目はごまかせなかったらしい。

「いや、実は、どうも客の懐中を狙うやつが入り込んでるかもしれねえってことになりやして」

「そうなのか……それは災難だな。それはそうと、あの婆、いつからここにいる？」

「あれですかい。ちょっと前からおえいの団子屋の手伝いに雇ったんですが」

「だいじょうぶか？　気をつけろよ、あの婆、確か」

佐平次の言葉を聞き終わらない内に、客席からいくつもの悲鳴が上がった。

――おっと。

「神妙にしろい！　今懐に入れたもの、見せろ」

「何のことでしょう。手前が何かいたしましたか」

下っ引きらしい男に腕を摑まれていたのは、お店者《たなもの》風の若い男だった。

「しらばっくれたってだめだぜ」

「何をおっしゃっているかわかりませんが」

「おとなしそうな顔しやがって、肝の据わった野郎だ。今そちらの旦那の腰の物、手にかけただろ」

そちらの旦那と指差された男は、はっと手を帯に当てた。

「煙草入れ《タバコ》がない！」

「ほれ見ろ。さ、こうなったら逃げられやしねえ。懐、改めさせてもらうぜ」

下っ引きが片手で男の腕を摑み、もう一方の腕を懐に差し入れようとした、その時だった。

「やかましい！　捕まるぐれぇなら暴れてやらあ！」

総身を震わせるようにして下っ引きの手を振りほどいた若い男は、顔を歪《ゆが》ませて叫びながら自分で懐に手を入れると、紙入れではなく、光る物を取り出してさっと閃《ひらめ》かせた。

——なんてことだ。

男の手には、短刀が握られていた。

さっきまでのお店者風のおとなしそうな振る舞いとは打って変わった、堂に入った構えと鋭いまなざし。下っ引きと他の客の様子を交互に見ながら、逃げる隙を探しているようだ。

「おかしな真似《まね》をするんじゃない。往生際の悪い野郎だな」

「こうなったらもう逃げられやしねぇ。観念するんだ」

さらに別のところから声がした。どうやら、客席にはあと二人、下っ引きが入っていたらしい。逃げ惑う客をかき分けて、男の方に近づいていく。

――あ！

短刀を構えた腕を押さえようとした下っ引きを、男が死に物狂いの体当たりで突き飛ばした。

女客の一人がきゃあと大きな悲鳴を上げた。

男は舞台へ駆け上がり、袖へと姿を消した。片袖を引きちぎられた下っ引きが忌々しそうに舌打ちして、後を追う。

「きゃああ！」

――あの声は、おふみさん。

もう一度舞台に姿を見せた時、男はおふみの首を腕で絞めながら、その顔に刃物を近づけていた。

「おう。これ以上ちょっとでも近づいてみやがれ！　この女あの世行きだぞ！」

男はおふみの体を引きずるようにして、「道を空けろ」とさらに何度も怒鳴っている。

――どうすれば良い。

ここの席亭はおれだ。ここは、おれがどうにかしなきゃ。

客の大半は外へ逃げたが、中には腰が抜けたり足が痺《しび》れて立てなかったりで、座り込んだままの者もある。畳を這って、壁の方へと張り付くように逃げていく姿が幾人も見える。

男がおふみの体を盾にしているので、下っ引きもうかつに手が出せず、遠巻きにしたまま、じりっじりっと足を一進一退、打つ手を見いだせずにいるようだ。

「その人を離しなさい。某《それがし》が代わりになろう」

下っ引きたちとは別の方向から、冷静な声がした。

――先生。

弁良坊だ。顔が真っ青で、唇が震えている。

「ちぇっ。てめえお武家だろう。冗談じゃねえ。その手には乗らねえよ。さ、どうするんだ。この女、死んでも良いのか」

――まずいな。

秀八は、さらに恐ろしいことに気づいた。

夜席なので、あちこちに燭台《しょくだい》が立っている。刃物ももちろん危ないが、あれを蹴倒されでもしたら、とんでもなく大事になってしまう。

――手桶に水、汲んでこようか。

水でもぶっかけたら、ちょっとは怯《ひる》むんじゃないだろうか。

思いついて、そっと場を離れようとした時だった。

「ぎゃあああっ！」

舞台の上から、男の頭めがけて白いものがどさっと落ちてきて、男の悲鳴が響き渡った。

男はとっさにおふみを突き飛ばし、床に仰向けに倒れ込んだ。

かたんと音がして、舞台に短刀が落ちた。男の顔には、落ちてきた白いものがぎゅっと張り付いており、男はその下から、うめき声を絞り出している。

――五郎太さま⁉

「おふみさん！」

「先生……」

弁良坊がさっと短刀を拾い、倒れていたおふみを抱き起こすと、その手を引いて袖へと連れて行った。

仰向けになったまま、手足をばたつかせる男を、下っ引きたちがようよう取り押さえ、縛り上げた。

白猫はこれでやっと気が済んだとでも言いたげに、ゆうゆうと舞台袖に消えていった。

柝《き》でも鳴らしたいような雄姿だ。

「い、痛い、痛い……」

男の顔面には血がだらだらと流れ落ちている。

どうやら猫の牙と爪に、額と言わず頰と言わず、縦横無尽に抉《えぐ》られたらしい。なかでも月代《さかやき》の傷は一際深いようで、朱《あけ》の三日月形にぱっくりと開いている。

――おっと、怖《こ》ぇえ。

秀八は、噺や芝居に出てくる化け猫を思い出した。こたびは助けてもらったから良いが、やはり、敵に回してはいけない生き物らしい。

――お天道さま、仏さま。

そして、今回ばかりは、おえいさまではなく、五郎太さまだ。

――鰹節《かつぶし》、いや、いっそ鯛《たい》でも献上するか。

やがて男が下っ引きに引っ立てられていくと、今度は客たちが探るような目でこっちを見始めた。

――そうだ、どうしよう、この後。

続けるのか、それとも、もう今日はこれでお帰りを願うのか。

続けるにしても妙な空気だが、お帰りいただくとなれば手ぶらでというわけにもいかない。

――丸札でも出すかな。

次回は無料でどうぞという切手のことを、寄席では丸札という。正直、あまり出したくはない。

決めかねていた秀八の耳に、派手な三味線の音が飛び込んで来た。

〽ドドトツ　トテツテ　トンチリチンツン　チャンチャン……。

翠が舞台の上に姿を見せた。

「さ、お客さん、験直《げんなお》しに、派手に行きましょう、どうぞ皆さんごいっしょに。さ、かっぽれ、かっぽれ！」

〽かっぽれ　かっぽれ　よーいとな　よいよーい。

客がわっと湧いて、はやし立てた。その声に乗っかるように、翠の、女にしてはちょっと渋い声が響き渡る。

〽沖の暗いのに白帆がサー　見ゆる　ハヨイトコリャサ　あれは紀伊国……。

唄が進むにつれ、さっきまでの騒動が嘘《うそ》のようだ。

「お席亭」

近づいてきて耳元でぼそっと囁《ささや》いたのは、前座の又たびだった。

「外で待っているお客さんがいないか、今から見てきます」

「おう、それはよく気づいてくれた。おれも行こう」

外に出ると、なるほど、模様眺め、所在なげな客たちが立っていて、秀八は慌てて中へと招き入れると、舞台袖へ戻った。

「ありがとうよ。おれが気づかなくっちゃいけないところなのに」

「翠師匠に言われたんですよ。さっき、こっぴどく小言くらっちまいまして。〝なんでさっさと外へ様子を見に行かないんだ〟って」

「そうかあ。いや、それは、ぼやぼやしてたのはおれも悪かった」

「小言、それだけじゃないんですよ。実はその前がもっとすごくて」

又たびは言いながら苦笑いした。

「〝なんでおまえ、前座のくせに下座の姐さんの盾にならなかったんだ。前座の噺家なんか二束三文で代わりはいくらでもいるけど、下座の姐さんはここの大事なお宝だよ。何ぼやぼやしてたんだ、豆腐の角に頭をぶつけて死んじまえ!〟って。えらい言われようで。参りました」

さすが噺家、翠の声色、口まねが上手い。思わず笑ってしまったが、ずいぶんひどい言われようだ。

又たびは翠のことをまだあまり良く知らない。翠の方も、こたびは鬼若や弁慶といっしょの時とは違っていくらか遠慮していた様子だったから、あの小言っぷりに慣れていないはずで、さぞかし驚いたに違いない。

「翠師匠、悪気はないんだ。又たびさんを怒ったっていうより、おふみさんを心底案じて出た台詞だろうから、あまり深く受け取らないでおくれよ」

「ああ……そういうことですか」

「なんてぇか、翠師匠の場合は、〝小言の多さは情けの深さ〟ってなお人だから」

――小言の多さは情けの深さ。

我ながらうまいことが言えたみたいで、秀八は内心ちょっと得意になったが、すぐにもう一つの心配に気づいた。

――猫又師匠が気を悪くなさったんじゃないかな。

流行歌と噺、芸は違っても、芸人は互いの年季を重んじる。ここに出てくれる芸人の中では翠は長老格だし、猫又は真打といってもまだ若手の方だ。自分の弟子が翠にどう言われても、黙っているしかなかっただろう。

――あとでこっちからわび入れておこう。

猫又は高座を下りると口数が少なく、今一つ腹の中が見えにくい人だ。ここは丁寧にしておいた方が良いだろう。

一方、翠は口は悪いが、裏表のない、わかりやすい人だ。弁慶とはそうした性格の通じるところがあって、なるほど親子だなと思う。

小言の多さは情けの深さ。そのあたりを、猫又にも分かってもらえるといいのだが。

とはいえ、翠がおふみをそんなふうに思ってくれているのはありがたい。

翠が〈すてて〉や〈づぼらん〉、〈品川甚句〉なんかを賑やかにやって高座を下りた。袖に引っ込む時には客に向かって手まで振る愛嬌《あいきょう》ぶりだ。

しばらくすると客のさざめきが収まり、トリの出番を待つ、柔らかいがぴんと張り詰めた静けさが客席に満ちた。

猫又が高座へ上がっていく。

――何をやるかな。

客は絶対期待しているだろう。というか、誰より秀八がそう望んでいるのだが。

「えー。見事な捕り物がございましたそうで。清洲亭の真っ白な猫神さまが、思いもかけぬ不届き者、頭の黒い大きな鼠《ねずみ》を取り押さえましたとか。動物というのは、時に人よりも恩や義理を大事にするんだそうですな」

そう言って、猫又はちょっと間を置いた。「八丁堀《はっちょうぼり》に金さんという棒手振《ぼてふり》の魚屋が住んでおりまして。この金さん、飼っている猫に駒《こま》という名をつけまして、たいそうかわいがっております……」

秀八の望み通り、始まったのは〈回向院《えこういん》の猫塚《ねこづか》〉だった。猫の忠義が哀れで健気《けなげ》な、ちょっと珍しい人情噺で、どうも近頃これをやるのは猫又だけらしい。弁良坊によると、これは、四十年くらい前に実際にあったとされる出来事を、もとにした噺だという。

――お猫さまが舞台に上がってくれると、客はなお喜ぶんだが。

五郎太は、と見回すと、下座のおふみの横で、きれいに丸まってすやすや寝ている。時々、すぴーと大きな寝息まで立てていて、ご出座は難しいようだ。

「……ええ、〈回向院の猫塚〉、由来の一席。本日はどうも、ありがとうございます。どうぞ明日以降も、引き続きごひいきに」

話し終えて、猫又が戻ってきた。きょろきょろとあたりを見回していたが、やがて下座へ寄り、五郎太の頭を何度もそおっと撫《な》でながら小さな声でつぶやいた。

「人の弟子に無茶言いやがって。うるせぇ婆さんだなぁ。なあ、お猫さま」

翠は一足先にいなくなっていた。

「も、申し訳ありやせん、師匠」

「いやいや、お席亭、別に怒っちゃいねぇよ。ま、ああいうお人もいないとな」

猫又を乗せた駕籠が行ってしまうと、佐平次が近寄ってきた。

「おい、ちょっと付き合え」

清洲亭の前には、屋台がいつも二つ出ている。一つは助六《すけろく》寿司の屋台で、もう一つは蕎麦屋《そばや》だ。

寿司の方はもう仕舞っていたので、二人は蕎麦屋の前の床几に並んで腰掛けた。

「卓袱《しっぽく》、熱くしてくれよ」

「おれは花巻を」

ここの卓袱は椎茸《しいたけ》の煮物にかまぼこ、菜のおひたしまで載って、屋台にしてはなかなか豪勢だ。佐平次は真っ先にそのかまぼこを口に入れて、「なかなか良いの使ってるな」と誉《ほ》めた。

「ところでな。さっきは話、飛んじまったが」

「ええっと、なんでしたっけ」

「お加代のことさ」

そうだった。すっかり忘れていた。

掏摸が捕まったから、一応、お加代の疑いは晴れたことになるのだが……。

「ずいぶん久しぶりで、シワシワのちりめん婆になっていたからすぐには分からなかったんだが……。あいつ、間違いなくまんがらのお加代だ」

縦に皺寄ってるのが唐傘婆《からかさばばあ》、横に寄ってるのが提灯婆《ちょうちんばばあ》、まんべんなく寄ってるのがちりめん婆……。いやいや、今はそんな戯れ言《ざれごと》を思い出している時ではなさそうだ。

「まんがらってぇ言いますと？」

「せんみつの上さ」

「えっ？」

せんみつと言えば、「千のうち三つしか本当のことはない」、つまり、「希代の嘘つき」の意味だ。そのものずばり、人をぺてんにかけるいかさま野郎を差して言うこともある。

「万あってもぜんぶ空っぽ、ってのさ」

「じゃあ……」

「とにかく口からいろんな出任せを並べちゃあ、人の歓心やら同情やらを買って、小金をくすねて回る。どうかすると、脅しに近いこともする。そういう女さ。だからおまえんとこのかみさん、お人好しだから、何かだまされてやしねえかって、ちょいと気になったんでな」

なんだって、と言おうとして、てんこ盛りにされた海苔《のり》がわさっと、歯と唇に貼《は》り付いた。慌てて舌先で拭い、蕎麦つゆといっしょに飲み込む。

「で、あのお加代ってのは、若い時は何してた女なんで？」

「さあ、そこまではおれも知らないが。吉原の女郎だったとかって、聞いたことはあるがな。ただ、それもいったいどこまで本当だか。もう本人にも分からなくなってるんじゃないか」

やっぱりあんな婆、雇うんじゃなかった。とんでもねぇ。

秀八はとたんに心配になった。

――団子の売り上げとか、盗《と》られちまってるんじゃねぇだろうな。

佐平次と別れて戻ってくると、おえいはもう、お初といっしょに寝入っていた。

――のどかな顔しやがって。

良い夢でも見ているのか、眠っているおえいの頬に、えくぼができている。

――しょうがねえ。

話は明日の朝だ。

――まんがらだなんて。あんなのが、絶対に、おれの母親であるはずがねえ。

そう言い切ってしまうことにしよう。

七

――まんがらのお加代だなんて。

朝っぱらから、とんでもないことを聞いてしまった。

「困ったねえ、お初。あのお婆ちゃんは、悪い人なんだって。そうは見えなかったのにね」

背中のお初に話しかけながら、店へ向かう道々、おえいはさっきの秀八とのやりとりを、頭の中でそっくり、なぞり返していた。

「それ、本当なの？　佐平次さん、何か企《たくら》んでんじゃないの？」

「いくら佐平次さんでも、この話で嘘を言う理由《わけ》はねえだろ」

「それはそうだけど……。でも、これまで売り上げがごまかされてたなんてこと、一度もなかったけどなぁ」

お金は毎日持ち帰っている。間違いがあったことはない。

「分からないだろ。材料とか道具とか、こっそりくすねられてるかもしれねえ」

「そんなこと、あるかなあ」

小さな団子屋だ。くすねて売るほどの物もないだろう。

「ともかく、ちゃんと確かめろ。その上で、いいな。今日、店にお加代が来たら、ちゃんと暇出せよ。泣きつかれても絆されるんじゃねえぞ」

でも、なんて言えばいいの？　おまえさんまんがらなんだってね？　何のつもりでここに来たの？　って、本人に聞いてみるの？

でもそうしたらまた、空っぽの嘘八百、いや万の嘘が並ぶのだろうか――。

「うん……でもそうしたらしばらく、店はできなくなる……」

「しょうがないだろう。また人を探せばいいさ」

――よく働いてくれてたのに、ね。

秀八の生みの母かもしれないと思った、あの話もすべて、嘘なのだろうか。それにしては、つじつまが合いすぎていたが。上手な嘘つきってのは、そういうものなのか。

店へ着き、お初を背から下ろす。幸い、道中で眠ってしまったので、そっと座布団に寝かせた。

何かなくなっている物がないか、ちゃんと改めろよ――出がけに、秀八はそう念を押した。言い訳なんかに耳を貸さず、ともかく、絶対、問答無用で、暇を出せ、とも。

今日は、店を開けるわけにはいかない。

おえいは店の道具や団子の材料などを丁寧に改めてみた。

使い慣れた鍋釜、仕入れた粉、炭……。不審なところはどこにもない。

――お加代さん？

することがなくなって、ふと入り口を見る。

いつもならもうとっくに顔を見せるはずのお加代なのだが……。

「ああー」

お初が目を覚ました。

「お初。これで遊ぼうか」

おえいは、小さな木片を一つ取って、お初の小さな手に握らせた。

ころん……。ごとん……。

「きゃっ、きゃっ」

転がして音がするのが面白いらしい。また握らせると、ぽんと、わざと手から落とす仕草をする。

秀八が、普請場で出た材木の端切れを使って拵えたものだ。三角や四角、丸い柱など、どれも丁寧に面取りと鑢《やすり》がけがしてあるので、危なくないおもちゃである。

籠に入ったいくつもの木片をつまんで、お加代が「まあ良いお父っつぁんだねぇ」と目を細めていたのを、思い出した。

しばらくお初の相手をしていたが、いっこうにお加代は姿を見せない。

――どうしたんだろう?

開けないつもりだったので、店には火の気がなく、次第に寒くなってきた。

「お初。お婆ちゃん来ないね。一度おうち、帰ろうか」

お初が木片の一つを両手でつかみ、嚙みついている。歯が生え揃《そろ》う頃はやたらと何でも口に入れて嚙もうとするから気をつけて、と産婆が言っていた。

よだれでべとべとになったお初の口のまわりを拭い、木片も水で洗うと、ねんねこを着せた。

「あれ、おかみさん、どうなさいました」

家へ戻ると、掃除をしていた又たびに声をかけられた。

「うん。……お加代さん、来ないのよ」

「それは困りましたね、お店、開けられないでしょう」

「そうね、まあどっちみち、しばらく開けられないの。お加代さんにも、今日来たらやめてもらうつもりだったから……ちょっと事情があってね」

まんがらの件を、誰彼となくうちあけるのも気が進まない。おえいは言葉を濁した。

もしかしたら、いきなりこっちに顔を出すかもしれない、そう思って待つとはなしに過ごしたが、結局その日、お加代はおえいの前に現れなかった。

「ふうん。何か察して、逃げたのかな」

普請場から戻った秀八はそう言って顔をしかめ、目をぱちぱちとしばたたいた。

「やっぱり後ろ暗いところがあるに違いねえ。あの捕り物騒ぎを見て逃げたんだ」

「でも、寄席のお客さんから財布を取ったのは、二度ともあの時の男だったんでしょ？」

「ああ、そうらしいけどな」

清洲亭でお縄になった若い男は、すでに奉行所へ送られたと聞いている。

翌日も、翌々日も、やはりお加代は現れなかった。

秀八には「放っておけ」と言われたが、おえいはどうしても気になって、次の日、お初のことをおふみに頼んで、お加代から聞いていた、住まいがあるという長屋まで行ってみた。

「あの、ここに、お加代さんていうお婆さんは……」

そんな人はいませんよと言われたらどうしようと思いながら、洗濯をしていた自分と同年配の女に尋ねると、女は「ああ、お加代婆さん」と言いながら、長屋の一角を顎で示した。

「あそこに住んでたけどね」

――住んでた？

「三日、あ、いや、四日前か。急に引っ越すって」

「引っ越す？」

「そう。なんでも、深川《ふかがわ》に住んでる娘さんが、いっしょに暮らそうって手紙くれたからって、うれしそうに。大急ぎでいなくなっちゃったわよ。おかみさん、お加代さんに何か用？」

「あ、いえ……ちょっと近くまで来たもんだから」

「そう……」

女はおえいの方に向き直った。

「ただねえ。なんだか、妙だなあと思って」

首を傾げた女は、声を低くした。

「お加代さん、確かここに引っ越してきた時、自分には身寄り頼りはない、天涯孤独なんだって言ってたから。女一人だからどんな仕事でもしなきゃって」

「ここへ越してきたのは、いつ頃ですか」

「つい最近。まだ一月くらいしか経ってないと思うけど。だから正直、あんまりあの人のこと、よく知らないのよ。愛想の良い、陽気なお婆さんだったけど」

そうだ。自分も結局、お加代のことをよく知らないままだ。あの、本当か嘘か分からない身の上話の他は。

「何か、理由《わけ》あり？　なんなら、大家さんのとこ、教えるけど」

「あ、いいえ、いいんです。どうも」

それ以上、根掘り葉掘り聞きかねて、後ろ髪を引かれつつも、そのまま帰ってきた。

「おい、良い話だ、おえい」

普請場が早じまいだったらしく、秀八がすでに昼席を取り仕切っていた。

「何かあった？」

「おまえにとって良い話だ」

「どういうこと？」

「あとで話すよ」

お客さんが並び始めている。ゆっくり夫婦で話している時間は無い。

おえいは慌てておふみのところへ行き、お初を受け取った。

夜席まで無事に済むと、夫婦のもとを、改まって訪ねてきた者があった。

「庄助さん」

普段、大工仕事のある時は、秀八が昼席の面倒を見るわけにはいかない。代わりに取り仕切ってくれているのが庄助である。

庄助はもとは、木曽屋《きそや》の屋号で、材木問屋を営んでいた。秀八にとっては、清洲亭を始めるにあたって、もっとも恩を受けた友だちでもある。

ただ、たちの悪いぺてんにあって店は潰れ、一時は夜逃げして姿をくらませた。紆余《うよ》曲折《きよくせつ》の末、今では清洲亭の前に助六寿司の屋台を出しながら、寄席の仕切りにも手を貸してくれている。

「あら？」

庄助の横に、見覚えのある品の良い女の姿があった。

「お園《その》さん。戻ってきたんですね」

「どうも、いろいろご迷惑をかけて」

「迷惑だなんて。あら、お絹《きぬ》ちゃん、大きくなって」

お園の後ろから、恥ずかしそうに姿を見せたのは、娘のお絹だ。

おえいの覚えているお絹からすると、背がずいぶん伸びて、顔がほっそりし、大人びた様子に変わっている。

「おかみさん、おかげで、女房と娘、呼び戻すことができました」

「そう……」

店が潰れた時、お園とお絹は信州にある庄助の実家に身を寄せたと聞いていた。

「私もこれから、この人といっしょに寿司、覚えますから。寄席の手伝いもさせてください。どうぞよろしくお願いいたします」

「そう。それは助かるわ」

お園は以前からほっそりした人だったが、顔がいっそう小さくなったように見えた。信州ではやはり気苦労が絶えなかったのだろうか。

もとは大店のお内儀だった人だ。小さな屋台の食べ物商いは、決して楽ではないだろうが、きっとなんとかやっていくだろう。

揚げと巻きか。

芝居に出てくる助六と総角《あげまき》。寿司の名の由来だ。

恋しい人同士は、やっぱりいっしょにいられるのが良い。

「それで実はおかみさん、お願いがあるんですが」

庄助が切り出した。

「さっき棟梁から、もうお加代さんは戻ってこないと聞きました。それなら、この子を、お絹を、団子屋の方で使ってもらえませんか」

なるほど、良い話は、これか。

「まあ、それは。こっちからお願いしたいくらいだわ」

「ちょっと人見知りではにかみ屋なのが心配なんですけど、どうか仕込んでやってください」

「仕込むだなんて言えた身分じゃありませんけど。でも、こんなかわいい娘さんが店に立ってくれるなら、助かります。どうぞよろしくお願いいたします」

明日から早速、と約束して、親子三人を見送った。

――良かった。本当に。

これで店がまた開けられる。

そう思う一方で、おえいは一つ、心に決めたことを、やっと、切り出す覚悟ができた。

「ね、おまえさん」

「なんだよ」

「お加代さん、長屋も引っ越しちゃったみたい」

「なんだおまえ、わざわざ訪ねていったりしたのか。しょうのないやつだな」

「でも、気になるじゃない」

「いいんだよ、ほっとけば」

秀八の目がぱちぱちしている。機嫌が悪くなってきた証拠だ。

どう言えば良いか。おえいは懸命に頭を巡らせた。

「おまえあれだろ、あいつがおれの生みの母親かもしれないと思って、それ気にしてるんだろ」

なんだ。分かってるなら。

「そうだよ。おまえさん、自分だって気になるでしょ？」

恨むにせよ、慕うにせよ、はっきりさせた方が良いんじゃないか。

傍《そば》にいる方が、気を遣ってくたびれてしまう。

「それなら絶対、違うって、おれは自信があるんだ」

「どうして」

妙にはっきり断言する秀八が不思議だ。なぜそう言い切れるのか。

「どうしてって……」

秀八はせわしなく目を天井に這わせている。

——何か隠してる？

「証拠でもあるの」

やがて観念したのか、秀八はふうっと息を吐き出した。

「実はな。こないだ親父《おやじ》がここへ来た時、こそっと言われたんだ。おれの生みの母の、その、紅梅っていう女郎はな」

「紅梅さんは？」

「おまえに、面差《おもざ》しが似てるんだとよ」

「あたしに？」

「ああ。笑うとえくぼができるところなんぞそっくりだって。だから、あのおっ母さんがおまえに辛くあたるのは、ひとえにおれの不徳の致すところだから、どうか勘弁してくれってさ」

——不徳の致すところ。

そうだったのか。だからお姑さん、あたしに辛くあたるのか。

長年、疑問に思っていたことが、ほろほろと解けていく。

そりゃあそうだ。

——でも、それならそうと、言ってくれれば。

って、そうは言えないか。言えないよね。

もし自分がおとよの立場だったら、そんなことは口が裂けても言いたくないだろう。

「な。お加代は、まあ歳を取って皺が寄っているのを差し引いてみても、全然おまえと似たところなんか、なかっただろう？　だから、違うんだ」

「そう……」

確かに、お加代と自分とでは、まるで顔立ちが違う。

「でも、でもね、それなら」

「それなら、なんだよ」

「もしかして、お加代さん、何か知っているのかもしれないじゃない？　だからね」

「だから？」

「探そうよ。おまえさんの実のおっ母さん」

「なんだって？」

素っ頓狂な秀八の声に、思わず、せっかく眠っているお初が起きるのではとひやひやする。

幸い、お初はすやすや、眠ったままだ。

「だってね。確かにまんがらかもしれない。だけど、お加代さんが言っていたこと、人の情として、筋の通らないことじゃなかったでしょ」

お腹を痛めた子を、置いて行った理由《わけ》。

泥棒猫にも、半分の理。

「このままだと、おまえさん、ずーっと気に病んでるままだよ。本当のこと、どんなにややこしくても、分かるなら、分かった方が良いと思う」

「本当のこと……」

「探してみようよ。ね？」

「ど、どうやって」

「少なくとも、お舅《しゅうと》さんに聞けば、お女郎屋さんのお店の名くらいは分かるでしょ？佐平次さんに頼んで聞いてもらったら、ご同業の誼《よしみ》で、何か分かるかもしれない」

「四十年も昔の話だぞ。いくら佐平次さんだって。吉原だってずいぶん変わってるだろうし。女郎屋なんて、人の移り変わりは、堅気よりもずっと早いだろう」

「それでも、探したけどどうしても分からなかったというなら、諦めもつくでしょ？今のまま、探そうともなんともせずに、おまえさんが生みのおっ母さんのことにずーっと蓋したままなの、あたしいやなの」

秀八は黙りこくってしまった。

「まして、あたしに似た人だなんて、お舅さんが言うくらいなら、なお気になる。そんな人が子どもを置いて出て行ったいきさつなら、ぜひ知りたい。そう思わない？」

「うーん」

おえいはちょっとすっきりした。

そうだ。ずっと前から、これが言いたかったのだ。

どれほど、黙ったままでいたろうか。

ようやく、秀八は口を開いた。

「分かった。探す手立て、考えてみよう……。ただな」

「ただ、何？」

「もし、探して、見つかって、本当にひどい女だって分かったらどうする？　今でもひどい女で、今のおれたちに、面倒かけるようなことがあったらどうする？　お加代のまんがらよりも、もっとひどい女だったら」

今度は、おえいの方が黙り込む番だった。

そういうことも、ないとは言えない。

病気だったり、借金背負っていたり。そんな年寄りをもし、抱え込むことになったりしたら。

秀八の生みの母を、姑のおとよよりもさらに、恨みたくなるようなことも、あるかもしれない。

その時、今日言い出したことを、自分は後悔しないでいられるだろうか――。

「あのね。きっと、だいじょうぶだよ。なんとかなる」

「なんだそれ。ずいぶん安請け合いだな」

「お天道さまは、お見通し。で、そのお天道さまは、いつだって誰にだって、ついてまわるんだから」

「それも、木を見た小猿は、か？」

義を見てせざるは勇無きなり。

義でも何でもないんだろうけれど。

秀八が口の中でぼそっと「分かった」とつぶやいた。

第二話

蛍のひと夜

一

——朝日楼《あさひろう》か。

生みの母の行方を捜してみようというおえいの提案にのってみたものの、手がかりと言えば紅梅という源氏名の他に何もない。

手はじめに、せめて女郎屋の名が分かればと考えたが、父の万蔵に直接問うのも遠慮された。やっと叔父の亀蔵《かめぞう》から、「確か、朝日楼だったかな」と聞き出せた頃には、もう春も終わり近くなっていた。

とはいえ、これ以上の探索の筋は、とても秀八の手に負えるものではない。やはり頼みは、吉原にも顔の利く佐平次と、何かと智恵《ちえ》のある弁良坊だ。二人には事情を話して、母親捜しへの加勢を頼むことにした。

「へえ。おまえさんがそんな理由《わけ》ありだったとはな」

「なるほど。以前に一度こちらにいらしたカンペキの母御は、生《な》さぬ仲でしたか。現世《うつしよ》のことは、戯作《げさく》よりよほど数奇ですな」

二人はめいめいに勝手な感想を漏らしつつ、できることはしようと言ってくれた。

——なんだか、腹が括れたようだ。

思えば、「生みの母」については、物心ついた時から、知りたいと思ってはいけない、考えてはいけない——つまり、常に自分に「ないこと」として、目を背けてきた。

しかし、「ないこと」のはずがないのだ。

顔を見たこともない母親でも、その腹から生まれた以上、なにがしかの縁がまったく切れるというわけにはいかない。

現にもし、おえいがその人に似ていなくて、嫁姑の仲がこんなにこじれたりしなかったら、秀八は今頃きっと、この品川にいなかったのだから。

ここらで正直になれ——お天道さまも仏さまも、そして何より、おえいがそう言っているると思うと、どんなことが分かったとしても、受け止めようという気になる。

いささかすっきりした気持ちになった秀八に、新しく普請を頼んできた家があった。

島崎楼の佐平次の仲介だった。

——洋物を扱う店か。

離れの夏座敷の、窓を作り直してほしいという注文である。

「建具屋じゃだめなのか」——窓一つなら大工でなくても良かろうと思ってそう言うと、佐平次は「特別な趣向で誂《あつら》えるから、並の建具屋や大工じゃ困るなんて言うから。おまえさんを推しといたのさ」と言った。

そこまで言われれば、こっちだってその気になるというものである。

——いったい何をしろというんだろう。

北品川の、正蔵寺《しょうぞうじ》の門前町にある店だと聞いて、秀八がまず出向いていくと、早速店の主人が現れた。

「それでその、特別なお誂えというのは」

「ああ、実はこれなんだがね、棟梁」

浦賀《うらが》に黒船が来たのは、ちょうど清洲亭を開業した年だった。

思えば、その頃から品川を行き来する人と物がやたらと増えた。伊豆《いず》の下田《しもだ》を入り口に、メリケンだのエゲレスだのという、黒船を操る国からいろんな物が入っているらしく、そうした珍しい品を扱う、「洋物屋」という商売も出来《しゅったい》している。

これまでは、珍しいものと言えば唐物屋だったのだが、どうやら洋物屋には、さらに珍奇な品が集まって、大きな金の動く商いが行われているらしい。

「窓に、これをはめてほしいんだ。できるかい。神田《かんだ》の大工を呼ぶつもりだったんだが、島崎楼の亭主から、品川にも良い大工がいるからって聞かされてね」

てかてかと妙につやのある顔をした主人が秀八に差し出したのは、一枚の不思議な板だった。

——できるかい、とおいでなすったな。

こっちだって元は神田の出だ。見損なってもらっちゃ困る。口が裂けても、できないなんて言うもんか。

こういう時はやはり、職人の意地が出る。それに、品川を下に見るような物言いも気に入らない。

「これは……ガラスですね」

向こうがうっすら透けて見える。完全な素通しではない。まるで霧か霞《かすみ》でも閉じ込めたような板だ。

「ああ。ここの庭は池があって、夏になると蛍が飛ぶんでね。このガラスを通して、その灯《あか》りを見てみたいと」

「ほぉ……」

よく見ると、流れる川の絵になっている。珍しい細工だ。確かに、これを通して蛍の灯りを見たいというのは、分かる。

——贅沢《ぜいたく》な趣向だな。

こんな板がいったいいくらぐらいの値で買えるものなのか、秀八にはまったく見当もつかない。

「洋物の、一枚ものなんでね。扱いには気をつけてほしいんだが。どうだろう」

「そうですね」

なんとなく、物言いがいけ好かないが、手間は言い値だというから、ここは稼ぐに越したことはない。

「桟さえ、きっちり拵えれば、あとはまあ造作もねえかと。ただ、こんなのがきちんとはまる桟を作るってのは、なかなか手間なんで、そこはどうか……」

「分かった。じゃあ、よろしく頼む」

秀八は早速、墨壺と尺を使ってガラス板の寸法を細かに写し取ると、いったん引き揚げることにした。

――いろいろ、面白いものが入ってくるな。

先日は、妙な飾りのたくさんついた細長い箱を、柱にはめ込んで欲しいという注文をしてきた店があった。これはなんですかと尋ねたら、洋物の時計だと言われた。

決まった刻限になると、作り物の鳥が飛び出してきて鳴く仕掛けを見て、秀八はたいそう驚いたが、同時に、「器械屋一郎みたいだな」とも思った。

「お席亭、お客ですよ」

うちへ戻ると、庄助がちょっと首を傾げながら告げた。

「どうもまた、売り込みみたいですが」

「売り込み……」

新奇なものがもてはやされるのは、芸でも同じである。

この春には、上方《かみがた》から来た芸人たちが、両国《りょうごく》や浅草で見世物に出て、かなりの人気だった。

中でも独楽《こま》回しの早竹虎吉《はやたけとらきち》、軽業《かるわざ》の桜鯛駒寿《さくらだいこまひさ》の二人は、錦絵にも描かれるほどの評判を取っている。

——ああいうの、出てもらえたら良いがな。

二人に会ってみようかと思わないでもなかったが、実際に見に行ってみると、いずれも大仕掛けの芸で、清洲亭の舞台でやるのは難しそうだった。それに、あれだけの人気者になってしまうと、自分たちだけでどことでも交渉ができるだろうから、もう品川の寄席などは相手にしてもらえないだろう。

——なんか、思いもかけない面白い芸人、いるといいが。

清洲亭はあくまで噺が主役の寄席だという心づもりに変わりはないが、客の目先を変えられる芸を持つ者とも、つながりを持っておくのは大事なことだ。

とはいえ、自ら売り込んで来る者には、怪しい者が多いのも事実である。

タネが丸見えの手妻使い、名取りとは名ばかりの下手くそな踊り手、田舎訛《なま》りで何を言っているのかさっぱり分からない唄い手など、相手をさせられた分、大損だったと腹の立つことも少なくない。

「で、おまえさま方は、何を」

「へえ。わてら、京から参りましてな」

相手は、男三人組である。一人は三味線を抱えていた。

「ほう、京ですか」

「へえ。京の宇治《うじ》で稽古いたしまして。宇治の蛍踊りを」

――京仕込みの蛍踊り。それはいいな。

「じゃあ、一度やってもらえますか」

「ほな、支度させてもらいまひょか。あの、お席亭、ここ、暗《くろ》うすることはできませんやろか」

「明かり取りを閉めろって言うのかい？　できなくはないが……でも、中が暑くなるから、どうかなぁ」

これからいよいよ夏だというのに、窓を閉めるのは勘弁して欲しい。暗くしないとできない芸なら、夜席にしか出せないだろう。

「とりあえず、暗くなっているつもりで、お願いできませんか」

「へえ。仕方おまへんな。ほたらそういうことで……」

チャンリン、チャンリン、三味線が鳴り始めた。ずっと同じ節を繰り返すらしい。

「宇治の、めいーぶーつ」

男のうち一人が出て来た、と思ったら、着物をぱっと脱いだ。下には緋縮緬《ひぢりめん》の長襦袢である。

嫌な予感だ。

——うーん。どうも、なあ。

「ほーたる、ほーたる」

男は襦袢も脱いでしまった。

体もふんどしも、今度は真っ黒に塗られている。と、もう一人の男が火のついたろうそくを持って現れた。

——そういうことか。なんて奴《やつ》らだ。

きっと旅のお調子者だろう。

「おおい、もういい、もういい。やめてくれ」

こっちが止めるのも聞かず、ふんどし男が四つん這いになって尻を高々と突き出す。

「やめろって言ってるだろ！　さっさと帰《けえ》れ」

秀八の剣幕に、男たちは脱いだ着物を丸めて抱えながら、這々《ほうほう》の体《てい》で逃げていった。

「洒落《しゃれ》の分からんお人や」とかなんとか、捨て台詞を言っていたようだが、こういうのは洒落でも何でもない。たちの悪い、ただの悪ふざけ、酔っ払いの駄遊びである。真面目に付き女郎屋でやるならまだしもだが、それだってきっと嫌がられるだろう。

合わされるこっちは大いに迷惑、災難である。

「まったく。とんでもねぇ奴らだ。験の悪い。塩撒《ま》いてやる」

ぶりぶりしながら塩を撒き、さらに水を撒き、念を入れて木戸の脇の盛り塩を丁寧に盛り直していると、弁良坊が姿を見せた。

「おやおや。ご立腹ですな。何かありましたか」

「いや、何でもねえんですが」

話すのも業腹である。

「あ、そういやぁ先生、新助さん、ご機嫌はいかがですかねぇ」

この界隈《かいわい》には、清洲亭の他にもう一軒、青竜軒《せいりゅうけん》というのがある。

噺と色物を出す清洲亭に対して、青竜軒はもっぱら講釈のみなので、日ごろは表だってお客を取り合うわけではないのだが、それでも、暮れと夏、向こうが〈忠臣蔵《ちゅうしんぐら》〉や〈四谷怪談《よつやかいだん》〉で盛り上がると、こちらの客足に響くことも多い。「冬は義士、夏はお化けで飯を食い」というくらいで、講釈師のかき入れ時なのだ。

夏はどうしても、芝居や寄席といった、箱に人を集めたいものは総じて客足が鈍る。減った客をさらに青竜軒に奪われるのでは、清洲亭は立ちゆかなくなってしまう。

もちろん、こちらも手をこまねいているわけではない。あの手この手と智恵を絞る。

その中で、このところ、それなりにうまくいっているのが、「道具鳴り物入り」で演ずる、続き物だった。

高座の後ろに書き割りを立て、噺の進みに合わせて、人魂やら鳥、獣やらが飛ぶような仕掛けを出したり、前座が幽霊の扮装《なり》をして客席にぽっと出てみたり。それに合わせて、下座から三味線や鉦《かね》、太鼓を入れる。要するに、いくらか芝居に寄せたような作りの噺である。

手妻使いのヨハンや、人形遣いの二郎、他にも動物の声色《こわいろ》など、その時々の顔付けによって、他の芸人たちにも加勢してもらうので、それも客には楽しみらしい。

また、この道具入りは、どうしても暗くしないとやりづらい。そこで、夜にやったのと同じ演目を、翌日の昼には素噺《すばなし》――そうした仕掛けなしでやる、という「おさらい」風の興行にしたところ、これはこれでかなりの人気が出た。

噺家にはかなりの負担をかけることになるのだが、幸い「やってもいいよ」と意気に感じて申し出てくれる人もあるのがありがたい。

もちろん、芸人だけではない。これをやるのには、どうしても戯作者の弁良坊と、絵師の新助の力が必要だった。

まず、弁良坊が、噺家と相談して、どういう書き割りを立てたら良いかを考えてくれる。その指図に応じて、絵を描いてくれるのが新助、というわけだ。

この夏には、五月には御伽家弁慶、閏《うるう》五月には御伽家文福、六月には翁《おきな》竹右衛門《たけえもん》と、清洲亭は思い切って三人にこの「道具鳴り物入り」をやってもらうつもりでいる。

通常、寄席の顔付けはだいたい一のつく日ごとに変わることになっているが、この三《み》月《つき》の間に限っては、それぞれ同じ顔付けのまま、それぞれの噺の長さに応じて、存分にやってもらおうと、秀八は覚悟を決めていた。

道具については、文福の〈猫ヶ原《ねこがはら》戸山霞《とやまのかすみ》〉、弁慶の〈苅萱桑門筑紫轢《かるかやどうしんつくしのいえづと》〉は、一度やっているので、手直し程度で良いのだが、竹右衛門の〈闇咲《やみにさく》緋牡丹《ひぼたん》長屋《ながや》〉は、続き物としては初演である。道具をすべて、一から用意する必要があった。

ただ新助は、腕は良いが気まぐれだ。気が乗ればどんどんと描いてくれるが、乗らないといつまで待っても筆を持ってくれない。

手間賃はさほど高額に要求してくるわけではないが、絵の具や筆などについては、たまに目の玉の飛び出るようなことを言ってきたりする。前もっていろいろ聞いておかないと、こちらにも心づもりがある。

「先生、お使い立てして申し訳ねぇんですが、一度、新助さんのご様子、見てきてもらうわけにはいきませんかねぇ。新しい道具の件、ぜひ早めに」

新助の女房は髪結いのお光で、おえいとも親しい。そっちから頼むという手もあるのだが、おえいに言わせると「お光さんから仕事の話をさせない方がいい」というのだ。

「なんで？」

「なんでって、あの二人、〈厩火事《うまやかじ》〉だから。話、きっとややこしくなる」

――確かに。

滑稽噺の、〈厩火事〉に出てくる夫婦。

夫婦げんかは犬も食わぬ。夫婦げんかとかけて谷川の濁りと解く、答えはじきにすむでしょう――この類《たぐい》の、夫婦についての俚言《りげん》俗言は多いが、それらの見本みたいな二人は、些細《ささい》なきっかけでお光がぴりぴりとわめき、一方新助は酒をいつも以上にあおって黙り込む。脇でそれを見ていっそうお光が……という喧嘩を繰り返しては、周囲を呆《あき》れさせる。

「頼み事がある時は、弁良坊の先生を通した方が無難」というのは、秀八にも何の異存もないところだ。

「良いですよ。幸い某の方では、書き割りの案がだいたいできたところですから」

〈闇咲緋牡丹長屋〉は、もともと、竹右衛門が大地震の時に実際に遭った浪人者夫婦の話を元に、一席ものとして作った噺だったのだが、弁良坊が「これはぜひ続き物にしましょう」と言い出して、二人で拵えた噺である。

御家騒動や、当世の火薬事情なども織り込んだ噺になっているというから、秀八もとても楽しみにしている。

「じゃあ、頼みますよ」

「はいはい」

博学で弁舌爽やか、人当たりの良い弁良坊と、いつもむっつり無愛想な新助は、まるで対照的だが、むしろそのせいなのか、妙に気が合うらしい。

「そういえば先生、座敷の天井にガラスを張って金魚を泳がしたってんで、お咎めにあって身上《しんしょう》潰したってのは、あの、紀文《きぶん》のことでしたよね？」

「ん？　ああ、あれですか」

弁良坊は首を傾げた。

〽あれは紀伊国　ヤレコノコレワイノサ　みかん船じゃえ〜

秀八は今日受けてきた普請に、ふとかっぽれに出てくる紀伊国屋文左衛門《きのくにやぶんざえもん》を思い浮かべたのだった。

「いや、よく混同されてしまうようですが……」

「違うんですか」

「金魚を泳がせたのは、紀伊国屋ではなくて、大坂《おおさか》の淀屋三郎右衛門《よどやさぶろうえもん》だったはずです。また、身上を没収されたのは、三郎右衛門の息子の代だったかと。紀文がどうかしましたか」

「いえね。今日、窓に模様の入ったガラスを入れてくれっていう注文が入りやして。ちょっと思い出したってわけです」

「ほう。模様の入ったガラス窓。それは面白いですね。そんな豪勢な注文をするのは、洋物屋さんか何かですか」

「ええ」

「ふうん。なんだか、世の中、どんどん変わっていきそうな気がしますねぇ」

元武家の戯作者は、感慨深そうにうなずきながら、ゆっくりと歩いて去って行った。

二

弁良坊黙丸こと河村彦九郎《かわむらひこくろう》は、さきほどの紀文云々《うんぬん》の話を、興味深く思った。豪商の贅沢話の中身ではなく、その伝わり方を、であるが。

名高い豪商と言えば、金魚の泳ぐ夏座敷の淀屋の他に、明暦《めいれき》の大火の折、木曽の材木で大もうけをした河村瑞賢《かわむらずいけん》、大坂の鴻池善右衛門《こうのいけぜんえもん》などがあるが、やはり命がけで江戸へ蜜柑《みかん》を運んだというので、唄になるくらい、紀文が人気らしい。

――蜜柑の話も、実説は怪しいらしいが。

紀文は読本《よみほん》や芝居に何度も登場していて、蜜柑の話もほとんどの人は事実だと思っているだろう。金魚の話を秀八が紀文のことだと思うのも、無理はないところだ。

――伝承というのは、やはり名高い方へ寄るのだな。

講釈や噺の中に「政談もの」と呼ばれる類がある。智恵と情けの両方を持ち合わせた優れた奉行が、悪智恵に長《た》けた悪党や、真っ当に働かない役人などを懲らしめ、辛い目に遭っている下々の者の味方になって見事な裁きを付けるというのがだいたいの筋だ。

こうした政談ものは、実際に昔あった話——日《ひ》の本《もと》のもあれば、唐土《もろこし》から伝わってきたものまで——を元にしていることが多い。だからよう調べると、それぞれの奉行は別人のはずなのだが、講釈や噺、時には芝居などで演じられていくうちに、だんだんと、ごく有名な一人か二人の逸話として人々に覚えられるようになってしまう。

——だいたい、大岡越前《おおおかえちぜん》になってしまうな。

彦九郎の好みから言うと、『耳嚢《みみぶくろ》』などの著作を残した根岸鎮衛《ねぎしやすもり》なんかもいろんな話の主役に良いと思うのだが、やはり大岡の人気が高い。

大岡といえば、仕えていたのは八代将軍吉宗《よしむね》。こちらは噺に〈紀州〉なんてのもあって、そこに出てくる八代将軍の座を尾張《おわり》の宗春《むねはる》と吉宗が争ったという逸話を、事実と思っている人も多いようだが、公の記録によれば吉宗と共に八代将軍候補に挙がったのは宗春ではなく、兄の継友《つぐとも》だ。さらに言えば、二人の兄の吉通《よしみち》は、七代将軍の候補でもあったから、尾張はずいぶん冷や飯を食わされている気もする。

などというのがずらずら頭に浮かび出てしまうのは、この身からまだまだ、侍根性が抜け切っていない証《あか》しだろうか。

——奉行なら、そろそろ遠山《とおやま》さまってのもありか。

近いところでは、芝居や寄席に寛容だった遠山景元《かげもと》。確か二、三年前に亡くなったから、これからはきっと遠山が主役で出てくることが増えるに違いない。

ともあれ、実説を調べるのと、面白い戯作を作るのとは、別の話である。

——偽物でも、喜ばれれば良い。

書画骨董《こっとう》と違い、戯作は出来さえ良ければ、中身の真贋《しんがん》はどうでも良いのだ。

そのあたり、彦九郎は自分の戯作者としての腕に、近頃あまり自信が持てないところがある。ついつい、実説をあれこれ丁寧に調べて、そっちに従って書きたくなってしまう。

「実説に近いかどうかより、面白いかどうかを大事にしてくださいよ」——彦九郎の書くものを読んでくれる大観堂《たいかんどう》の隠居は、時折そう言って釘《くぎ》を刺す。

ごちゃごちゃ考えつつ、新助の長屋まで来ると、どうやら先客がいる気配である。

「……またおれに、そういう裏の仕事をさせようっていうのか」

「寄席の書き割りじゃ、いくらにもならないでしょう。それに、おまえさまの腕ももったいない」

「どこで、おれが寄席の絵を描いていると」

「あそこの書き割りは評判でしてね。まあ、蛇の道は蛇って言いますからな。こういうことを教えてくれる人は、どこにでもいるんですよ」

「蛇の道……」

「金ははずみますよ。どうせおまえさま、もう日の当たるところへは出られないでしょうに。腹を括って、日の光より、輝く小判《おたから》を稼いだらいいんじゃありませんか」

——なんだ、物騒な話をしてるな。

声をかけることもできないが、立ち去ることもしかねて、つい立ち聞きしてしまう。

「あれは御家《おいえ》のためと思っていたからしたことだ。酒井《さかい》さまの私利私欲のためと知っていたら、決してあんなことは」

「じゃあ、今度はご自分の実入りになさったらいいじゃありませんか。これはあくまで手前との取引です。誰に遠慮も要りませんよ」

「冗談じゃない。誰がそんなことを。武士の……」

「武士の沽券《こけん》ですか。もとのご家中から見捨てられたご浪人が、よくもまあそんな台詞を。よくよくお人好しか、うつけ者か」

「やかましい。帰れ」

がちゃん。

何か割れた音がした。新助が何か投げつけたらしい。

「おっと、怖い怖い。まあ、今日は帰りますがね。いずれ……」

招かれざる客が声を低めた。

「なんだと……」

新助はそう言ったきり、黙ってしまった。

「そういうことです。よくお考えください。また来ますから」

彦九郎は慌てて数歩飛びすさり、今路地を入ってきたばかりのようなふりをした。

出て来たのは裕福な商人《あきんど》風の男だった。彦九郎には目もくれずに、つやつやとした顔で悠然と路地を出て行く。

――出直そうか。

面倒に巻き込まれるかもしれぬ。

そう思ったが、気づくと戸口に手をかけていた。

「新助さん。弁良坊です。入りますよ」

土間に陶器の破片が散っている。湯飲みだろうか。

とりあえず、目についた破片を拾い上げて、懐紙《かいし》に載せた。

「何かありましたか。こう物を壊しちゃあ、お光さんがまたお嘆きでしょうに」

「おう、先生か……。いいんだ、どうせもらい物の数茶碗《かずぢゃわん》だ」

片足を投げ出すように斜めに座った新助は、下から睨《ね》めつけるようなまなざしを向けてきた。

「その様子じゃあ……聞いてたな、話」

「ええ、まあ……」

「じゃあ、察しがついてるだろうよ。……また、描けとさ」

——やはり、そうか。

文字通りの髪結いの亭主、昼間から酒を飲んでばかりで、ろくに仕事もしない、ろくでなし。

清洲亭の書き割りがいくらか評判になってからは、本当に絵が描けるのだと見直す者も現れたが、それでもおおよそ、まわりの者たちはこう思っていることだろう。

なぜこうなってしまったのかについては、新助は誰にも、女房のお光にさえ話しておらず、もともと酒飲みの怠け者なんだろうと思われている。だが、彦九郎はひょんなことから、新助が自分と同じく元は武士であることや、浪々の身に落ちた子細などを知ってしまったのだ。

「もう、贋作《がんさく》に手を染めるのはごめんだって、言ってたじゃないですか」

「それは、そうだが……」

彦九郎は、以前、長い身の上話を聞かされた時のことを思い出した。

新助が仕えていたのは、加賀国《かがのくに》大聖寺《だいしょうじ》藩前田家《はんまえだけ》だ。百万石で名高い、加賀藩前田家の支藩にあたる。

そもそも、新助が身を持ち崩すことになった遠因は、この大聖寺前田家の石高《こくだか》にあるという。

彦九郎が仕えていた美濃国高須藩松平家《みののくにたかすはんまつだいらけ》もそうだが、特定の大藩と関わりの深い小藩の当主は、格式や石高、他藩との交流などに、傍《はた》から見ると理解に苦しむ、愚かしいようなこだわりを持ってしまうことがある。

高須の例で彦九郎がよく覚えているのが、尾張徳川家《とくがわけ》の当主から高須松平家の当主にあてた書状の敬称が、それまでは「様」だったのに、突然「殿」になった時の騒動だ。

――敬称一つで、大変な騒ぎだったな。

城内――いや、高須に城はなくて陣屋だが――では、「尾張があからさまにこちらを見下してきた」というので、どう抗議をするかの論議がえんえんと続いたのだ。

その後いかなる折衝があったのかは、彦九郎の知るところではないが、ほどなくしてまた「様」に戻ったという。

敬称一つでこうなのだから、石高が変わるとなれば、家中《かちゆう》の一大事であろう。

大聖寺藩のもともとの石高は七万石だった。それを九代当主の利之《としこれ》の時、どうしても十万石の待遇を得たいと望み、加賀藩からの支援分と新田開発分とを合わせて三万石の加増を幕府に認めさせたという。

「しかし、そんなことをしたら、内情はむしろ困るでしょうに」

「そうさ。格式を保つために、出費が嵩《かさ》むばかりだ。実質は八万石くらいだったろうから、火の車だ」

十万石になったのは文政《ぶんせい》四年だったが、以後、大聖寺藩は財政が大きく悪化し、未だに好転しないままらしい。

新助の本名は手取新之介《てとりしんのすけ》と言う。代々柔術指南をつとめる家に生まれ、幼い頃から鍛錬を積んでいたが、実は本人は、柔よりも絵筆の方が好きだった。

「親父は渋い顔だった。ただ、親父の上役に、物わかりの良い人がいて。おれが江戸で絵の修業ができるよう、取り計らってくれたんだ。家中では、九谷焼なんかを盛んにして、なんとか財政を建て直そうという殖産励行の機運が強くてな。手っ取り早く言うと、柔術より絵の方が金になると、親父を説得してくれたわけだ」

「それは僥倖《ぎょうこう》ですね。しかし、武家なのに、狩野《かのう》派とかじゃなかったんですね」

「おれが憧れてたのは北斎《ほくさい》だったからな。ただ北斎先生って人は弟子を取りたがらない人で」

「ああ、それで宇陀川《うだがわ》一門に」

宇陀川幾重《いくえ》に入門を許された新助は、順調に腕を上げていったのだが――。

何事も、上手くなる最初は真似だ。新助も名だたる絵師の絵を懸命に真似ることで腕を磨いた。

このあたりのことになると、新助の口は重くなる。「いつの間にか、自分でもよく分からないうちに嵌《は》められた」というのが、実感なのだろう。

彦九郎が少しずつ聞き出したところでは、自分が稽古のつもりで描いた肉筆画が、いつしかこっそり売られるようになっていたという。

「おかしいとは思ったんだ。なかなか手に入らないような昔の良い絵なんかを〝これを手本に描いてみろ〟なんていくつも持ってきてくれたから。でも、そっくりそのまま自分が写し取れる、ってことが、面白くて、深く考えることもしなかったんだ。ただただ、描くことが妙に、こう……」

新助の気持ちは、右筆《ゆうひつ》の家に育った彦九郎には分からなくもない。仰ぎ見た書、手本とする書をそっくりそのまま写し書く稽古――臨模《りんぼ》というのだが――は、やればやるほど、物狂おしく面白くなってしまう。己の筆に酔うような心持ちになったものだ。言われたとおりに書状を作るだけの右筆ならそれでもいい。しかし、絵師では、そうはいくまい。

技術がどれほど上がっても、それだけではしょせん、人まねでしかない。そこに気づいてからが、おそらく果てしなく長い道のりになるに違いない。

「気づいた時には、すっかり贋作絵描きになりさがって。やめたいと思ったんだが……」

恩人と思ってきた父の上役、重役の酒井主膳《しゅぜん》。黒幕は、この人物だったようだ。

藩の財政を助けるためと思って描け――新助はそう言われていたというが、実際には、家老の地位を狙う酒井の、私腹を肥やす道具にされていた。

それが分かった時には、すでに酒井主膳は失脚、家中で処分を受けていた。主膳は切腹、酒井家は断絶となったらしい。

「手取の家じゃあ、おれが戻ってくると面倒なわけだ。酒井との関わりが取り沙汰されては困るからな」

勘当され、浪人となってそのまま江戸に留まった新助だが、贋作をしていたことがやがて師匠の幾重の知るところとなり、破門されてしまう。

幾重は厳しい人だったようで、一門のみならず、関わりのある各所に、新助の破門について認《したた》めた一筆を入れて差し回した。肉筆にせよ、刷り物や挿絵にせよ、絵の世界からほぼ閉め出す内容の一筆だったらしく、以後、どんなに新助が「自分の絵」を描いても、世に出る道は閉ざされてしまった。

「なんだか、何もかもどうでもよくなっちまってな。死のうかと思ったこともあったが、死ぬのも面倒になっちまって。まあ、いろいろあった挙げ句がこのざまだ」

以前、彦九郎の書いた戯作本を、大観堂が開板《かいはん》してくれた時、挿絵を新助の絵でと心づもりしていたのだが、結局それはだめになった。

――あれはもったいなかったな。

絵師が誰であるか、伏せて出すことはできないのか——彦九郎は大観堂に掛け合ってみたのだが、返ってきた答えは「きちんとした形で出そうと思えば無理です」だった。「せっかくの先生の第一作を、無届け、無印の本として出すようなことはできませんよ」——こう言われてしまえば、こちらとしても引き下がるより他はない。

実際に出た読本には、宇陀川派の若手絵師の挿絵が載っている。拐《かどわ》かされた子どもの行方を追って狂ってしまった女、そこへ出てくる子どもの幽霊。いくさで討ち取ってしまった若武者の首の面影に、夜な夜なうなされる壮年の武家の、苦悩に満ちた顔——どれも悪い絵ではないが、新助がはじめに描いた絵の方が、あれこれと直接相談して描いてもらった分、彦九郎にはやはり、思い入れが深い。

そんな思いをした戯作者としては、新助が「死ぬにも死ねなかったいろいろ」、お光と知り合うまで、知り合ってからのいきさつなどについても、さらに聞いてみたいところではあったが、その機会は今のところ得ないまま、今日《こんにち》に至っている。

——確かさっき、死んだという酒井の名が出ていたようだったが。

「さっきの人は、誰なんですか」

「酒井と組んでた商人だ。表看板は加悦堂《かえつどう》って名の唐物屋だが……。裏で何をしているかは、分かったもんじゃねえな」

新助が湯飲みに酒を注いだ。さっき割ったのと同じ柄、どこかの屋号らしきものが見える。お光の得意先だろうか。

「おれなんぞ、女郎の情夫《まぶ》より性質《たち》が悪いのさ。今頃お光はあっちこっち、他人の頭を結って歩ってんだろうに、こっちはこのざまだ」

酒を飲み干して、目が泳ぎ出す。

「贋作の誘い……。もちろん断ったんでしょう？」

「ん？　あ、ああ」

ぜひやめてもらいたい。

刷り物は無理にしても、せめて清洲亭の書き割りでもいいから、自分の絵を描いたらいいじゃないか。客も噺家も、みんな喜んでくれるのだから。

「じゃあ、書き割り、頼めますよね」

「ああ、棟梁の寄席のやつか」

「そうです。今度のはぜひ、緋牡丹を見事に描いてもらいたいんですよ。闇に浮き出てくるようなのを」

「緋牡丹ね。じゃあ紅の染料、上等を使わせてもらいてぇなぁ」

「棟梁に掛け合ってみましょう。背景は三つ。最初がとある大名屋敷の広間。中場は浪人の貧乏長屋。最後は、大店の離れの座敷でお願いします」

「ほう……」

「噺の方はですね。御家騒動と、おとしの大地震とが関わってきます。まず、とある大名が……」

竹右衛門の〈闇咲緋牡丹長屋〉のあらすじを彦九郎が話し出すと、新助の体がのめってきた。

三

「ああ、そこは勘所、もうちょっと上。そうだ、それより、おまえさん撥《ばち》の位置がそもそも、もうちょいこっち」

「はい」

慌てて、構えた三味線をちょっとずらし、もう一度糸を押さえ、胴に撥を当てる。

「そうそう、それでいい。……ああ、違う違う。指が糸を渡ってここまできたら、引導を渡すみたいにうんっと押さえて、弾《はじ》いて、それからこっちの音」

「はい」

「うーん、今の刻み、間が四角いよね。もうちょっと丸い間にならないかな」

——間に丸いとか四角とかって？

客を入れる前の清洲亭で、おふみは翠から稽古をつけてもらっていた。

──間が同じ過ぎるってことかしら。

チン、チン、チン……と同じ音を続けて弾くところ。おふみはちょっと考えて、間というよりは微妙な強弱をつけてみた。額に汗がじっとりと滲《にじ》んでいく。

「あ、良いんじゃない、今の感じで。揺らぎが見えるね」

──良かった。

夏の清洲亭は、鳴り物入りの続き噺。三味線の出番も多くなる。

「そうそう、で、今度はこの台詞が来たら〈千鳥《ちどり》〉ってなってる。弾いてみて」

「はい」

客の前で噺家たちが本なぞ見ていることはないが、もちろんとそれぞれに台本がある。新しく拵えた噺の場合は特に念入りだ。

台本の書き方は、噺家によってさまざまで、一言一句、台詞から息の吸う吐くまで事細かに書いている人もいれば、筋書きをざっと書いてあるだけの人もいる。

この台本に、鳴り物の指図などを書き入れたものを、「点取り」と呼んでいて、おふみは今、その点取りを前にしながら、そこに使われている曲を翠に教わっていた。

〈千鳥〉というのは、海辺が舞台になっている時などによく使われる。芝居だとたとえば〈俊寛《しゅんかん》〉の幕切れ、たった一人で島に残されることになった俊寛が、遠ざかっていく船を呆然《ぼうぜん》と見送る場などが知られている。

ゆっくり弾けば、船がいよいよこれから出るというような感じが伝わるし、早く弾けば立ち回りの場面なんかにも似合うので、この曲の出番は多い。

「じゃあ、今日はこれくらいにしとこうか。おまえさんに教えてると、ついつい熱が入っちまって」

翠の言葉がありがたい。

「そういえば、おまえさんとこに、あの女義の子、居候しているんだって」

居候、という言い方がおかしくて、おふみはつい笑ってしまった。

「荷物をちょっと預かって。それと、たまに泊めてあげてるだけですよ」

「それを居候ってんじゃないか」

「まあ、そういえば、そうですかね」

大地震で浅草を焼け出された呂香は、今のところ新たに住まいを借りず、その時々の仕事に応じて渡り鳥のような暮らしをしている。

「二人とも良い芸人だと思うけど……。あんまり女の芸人同士は、近づき過ぎないようにした方が良いよ」

「そういうものですか」

「うん。こんな商売って、なかなか友だちできないから。せっかく仲良くしてるなら、ほどほどにして、大事にすることだよ。でないと、互いにもったいない」

翠の言うのは、なんとなく分かる気がした。

「だいじょうぶだと思います、その辺は」

「そうね。……ごめんよ、また余計なこと言っちまった。さ、昼席始まるね。支度、支度と」

昼席が終わった時、三味線の三の糸が切れてしまった。

〈猫ヶ原戸山霞〉には、化け猫や鳩《はと》などが登場する。三味線の高い音を細かに使うので、どうしても一番細い、三の糸の傷みが早い。

下座に置いてある手箱を見ると、三の残りがあと二本になっていた。

――ちょっと心細いかな。

下座にはいつも、三味線を二丁置いている。そちらについている糸も入れれば、三本、まだ使える算段だ。

三本あればだいじょうぶという気もするが、こういう時に限って、急に続けて切れたりするものだ。

「すみません、ちょっとうちへ戻ってきます」

小走りに長屋へ向かい、糸を入れてある引き出しを開け、そっと懐紙に挟んで懐へ入れる。

傷つきやすい絹の糸。張る前にうっかり、どこか折り目でも付けると、すぐにそこからささくれて切れてしまう。

……面倒くさい女みたいよね。

呂香が言っていたのを思いだし、思わずくすっと笑ったが、すぐ真顔に戻った。

――まさか、私のこと、あてこすったんじゃ。

呂香にはできるだけそう見えないようにしているつもりだが、おふみはつい、物事を悪い方へ、悪い方へと考えがちだ。

下座で弾く三味線のこと、芸人への受け答え、秀八やおえいとの何気ないやりとり。気の利かぬ女、使えぬ女、面倒くさい女と、陰で誹《そし》られているのではないか。

先日、捕り物があった時も、自分がぐずだからあんな目に遭って、「なんでさっさと逃げられなかった」と迷惑がられたのではと、未だに気に病むところがある。

何かとついつい、考えすぎて、むしろそれがいっそう裏目に出ている気がする。その場でぱっと、さりげない立ち居振る舞いをする、ということができない。

――もうちょっと、物事に動じない女でいられたらいいのに。

大観堂へ奉公に出ている息子の清吉《せいきち》のことも、毎日心配ばかりしている。時折様子を知らせてくれる弁良坊や大橋《おおはし》の隠居からは、「清吉はもうすっかり親離れできているから、そんなに心配せずともだいじょうぶですよ」と苦笑交じりに言われる。あれはきっと、「そちらが子離れしなさい」と呆れられているのだろう。うるさがられないように気をつけた方がいい。

——そういえば……。

呂香に翠、それからおえい。

清洲亭に縁のある女たちは、みんな心根が強そうで、羨ましい。

「あらおふみさん、これから？」

路地を出ると、声をかけられた。

「あ、いいえ、忘れ物を取りに」

「そう……」

そうそう、ここにもう一人、心根の強そうな女がいた。正直言うと、あまり歓迎しない相手だ。

「お光さんは？」

「うん。あと二軒、回らないといけないんだけど」

「相変わらず忙しいわね」

仕事柄なのか、誰とでもすぐに打ち解けて遠慮のない口を利く。越してきてすぐの頃には何かと世話も焼いてくれた。そもそも、清洲亭での下座の仕事を世話してくれたのも、お光だ。

だが、まさにさっき翠の言っていた「近づき過ぎないように」を今こっちから一番願いたいのが、お光である。

……おふみさん、先生のこと、好きでしょ。

言われたのは、去年の夏頃だったか。

……年上だからとかって遠慮してたら、誰かに取られちゃうわよ。

大きなお世話だ。

弁良坊は確かに良い人だ。はにかみ屋だった清吉がいつの間にかたくましくなって、立派に奉公に上がれたのも、先生のおかげだと感謝している。

先日は、刃物を突きつけられた自分を真っ先に助けようとしてくれた。やっとの思いで男から解放され、弁良坊の腕に支えられて逃げた時は、涙が止まらなかった。

――でもそれは……。

色だの恋だの。そんなのは、自分には似合わない。

息子もそろそろ大人になろうという、四十の坂がそこまで見えてる大年増。器量だって、若い頃から十人並以下なのに。

考えたら、辛くなるだけである。

――それに、きっと先生は。

弁良坊黙丸などというふざけた名が本名でないことくらい、誰が聞いても分かる。

きっとそのうち、本来のお名前とご身分に戻るべき時が来て、この品川からいなくなってしまうお人だ――おふみにはそう思えてならないのだった。

「……おふみさん、どうしたの、ぼんやりして」

うっかり、お光の話を生返事で聞いていたようだ。

「ね、おふみさん、先生から、うちの人のこと、何か聞いてない？」

「何かって？」

「うん……近頃、なんだか妙なのよね。何かあたしに隠しているみたいな」

「そうなの？」

「それとなしに探ってみるんだけど、分からなくて。先生なら何か知っているかなあと。おふみさん、聞いてみてくれない？」

他人には遠慮のないお光なのに、惚れた亭主の隠し事は、自分で手出しできないのだろうか。

「いつもなら、あたしに向かって〝うるさい〟とかって平気で怒鳴るくせに、近頃なんだか優しいのよ。変でしょう？」

なあんだ、惚気《のろけ》か。

おふみは鼻白んだ。ほんのちょっとでも、まともに聞いて、損した気分だ。

「いいじゃない？　優しいなら。あ、じゃあ私はここで。そろそろ急がないと」

った。

「あ、うん……」

お光はもう少し何か言いたそうだったが、おふみは清洲亭へ向かって走り出してしまった。

――いいわね。優しいご亭主がいて。

なんで自分が、お光のために、新助のことを弁良坊に尋ねたりしなければならないのか。冗談じゃない。

下座へ入ろうとすると、翠に呼び止められた。

「おふみちゃん。ちょっと」

「はい？」

「顔に、険があるよ。何があったか知らないけど、そのまま三味線を触っちゃだめ」

「え？」

「そんな顔で触ったら、また糸がすぐに切れちまう。よし、じゃあ、夜席の前に、一曲だけ、稽古を付き合いなさい」

「稽古、ですか」

またか。翠の稽古好きにも、いささか閉口だ。

「ええと。何を」

「〈かっぽれ〉ね。あたしが弾くから、おまえさん唄ってごらん」

「唄うんですか？」

唄が分かっていなければ三味線は弾けないから、唄えないとはいわないが、芸者だった頃も含めて、〈かっぽれ〉を人の三味線で自分が唄うというのははじめてだ。

〽ねんねこせー　ねんねこせ　ねんねのお守りはどこへ行った……。

紀文の蜜柑船とどうつながるのか分からないが、曲のおしまいの方は、子守歌のような一節になっている。

〽お里のおみやにゃ　何もろた　でんでん太鼓に笙《しょう》の笛　寝ろってばよー
寝ろってばよー　寝ろってば　寝ないのか　この子はよー

「ね、おふみちゃん。今おまえさん、何に〝寝ろってば〟って言ったの？」

「え？」

翠の問いの意味が分からない。賑やかな〈かっぽれ〉。そういう歌詞だからそう唄ったまでだ。

「もちろん、どう唄ってもいいんだよ。でもね。この最後の子守歌、言葉はちょっと乱暴だけど、切ないと思わないかい？」

——切ない？

「夜泣きする子に自分の方が泣きたいおっ母さんか、それとも、奉公に出て来たばっかりの、まだ自分だって本当は親に甘えたい小っちゃな娘っこか、まあそれはどうだか分からないけど。ともかく、この子が寝てくれないと、自分が本当に切ないんだ、っていう唄だと思わないかい」

「え、ええ」

そう言われてみれば、確かにそういう唄だ。

ただ派手な曲だと思い、そのせいか、どこか乗れない、自分に合わない苦手な曲だとも思ってきたのだが。

「あたしがこれを高座でやる時はね。前半は思いっきり派手に、賑やかにやるんだけど。でもこの一節だけは、ちょっと違うのさ。なんて言うのかな。そうそう、素の自分にちょっと戻るっていうか」

「素の自分？」

「そう。その時々の自分の、腹が立ってることとか、心配ごととか、辛いなあってことか。そういう素の自分の心持ちに向かって、言うことにしてるのさ。今はちょっと寝ててって、自分に言い聞かすみたいな」

「自分に言い聞かす……」
「でなきゃ、何かに祈るでもいいんだけど。おしまいにこの子守歌があるから、はじめの〽かっぽれ！　かっぽれ！　では、思い切り弾めばいいんだよ。短い唄だけど、そんなふうにめりはりをつけて考えると、面白いと思わないかい」
「はあ……」
分かったような、分からないような。
「さ、もういっぺんだけ、唄ってごらん。くれぐれも、最初の〽かっぽれ！　は、思い切り弾むんだよ」

〽かっぽれ　かっぽれ　よーいとな　は、よい、よーい……

年増の淡い恋心。他人を妬み羨む、哀しくややこしい胸の内。

〽寝ろってばよー　寝ろってば　寝ないのか……。

おふみは思わず、我を忘れて唄っていた。

四

——團十郎《八代目》か。

しかも、選《よ》りに選って師匠の描いた〈児雷也《じらいや》〉だ。

加悦堂が「土産だ」と置いて行った刷り物を見て、新助の手は思わず動いた。

妖術使いで美男の盗賊、児雷也こと尾形周馬《おがたしゅうま》。逆立つ髪、ぐっと寄った目と眉根、引き結んだ口元、胸の前で印《いん》を結ぶ指で、足下には巨大な蝦蟇《がま》を従える。芝居の熱気がそのまま伝わってくるようだ。

八代目の團十郎《だんじゅうろう》はこの芝居で大当たりを取った。その時まだ三十くらいで、いよいよこれから江戸の芝居の屋台骨を背負う役者と誰もが期待していたのに、それから二年後の秋、どういうわけか大坂で自ら命を絶った。

あまりにも惜しい役者の死を悼んで、おびただしい数の絵が描かれ、刷られ、そして飛ぶように売れた。

新助の手許に置かれたのは、師匠であった宇陀川幾重の描いた、團十郎の〈児雷也〉だった。

——良い線だな。さすがだ。

導かれるように、自然に手が動く。墨で輪郭が現れたところで、はっと筆を投げ出す。

「これを見たら、おまえはきっとまた描きたくなるさ。寄席の書き割りなんかじゃ、我慢できないだろう」――加悦堂はさっきこう言いながらにやりと笑った。

――何やってんだ、おれは。

もう、他人の絵は描きたくない。描かない。そう決めたじゃないか。

傍らには、描きかけの緋牡丹があった。

新しい噺の筋書きを、熱心に話していった弁良坊の声が蘇ってくる。

「緋牡丹は、お内儀の幽霊が出てくるきっかけとして何度も出ます。このお内儀は、もとはお大名のお手つきの腰元で、腹にはお子まで宿してたってことになってます。ご正室の実家がとんでもないご大家《たいけ》なんで、お大名の方では何かと憚《はばか》って、お腹の子どもごと、ご家来に下げ渡してしまう。まずはそんな筋立てです」

「こぶ付きの拝領妻ってわけか。そりゃあ大変だ」

大名の方も家来の方も、妻にたいそう気を遣わなければならない、面倒くさい身の上というわけだ。

「出自の格が高すぎる妻ってのは、武家には面倒だからなぁ」

新助は、大聖寺藩には主筋にあたる、加賀藩の話を思い出していた。

本郷《ほんごう》にある加賀藩の江戸上屋敷《えどかみやしき》には、麗々しい朱塗りの門がある。三十年ほど前に建てられたものらしいが、その理由というのが、当主の正室となった女にあった。溶姫《ようひめ》という名のこの正室は、第十一代将軍、家斉《いえなり》の娘だ。将軍家からの輿入《こしい》れにあたって、加賀藩では御殿を新造し、朱塗りの門を据えなければならなかったらしい。持参金との差し引きは知らぬが、おそらく加賀藩は相当物入りだったことだろう。

——しかし、よくよく女好きの上様《うえさま》だったんだな。

この話には、だいたい家斉のあだ名がついてまわる。「北海の鱈《たら》のごとし」、すなわち、鱈子のごとく多数の子ども——五十人以上だったと新助は聞いたことがある——を作ったというのだから恐れ入る。

溶姫の母親はお美代《みよ》の方といい、大勢いた家斉のお手つきの中でも、なかなかの権勢を誇った人であったらしい。

なぜそういうことになったのか、新助はよく知らないが、家斉の死後、お美代の方を溶姫が引き取るという話が出た。その費用のせいで藩の財政がいっそう傾いたと言われ、加賀周辺におけるこの正室の評判はたいそう悪い。

お美代の方は若い頃、墓参りと称して奥女中たちを寺へ連れ出し、そこで大勢美僧を侍《はべ》らせて遊興していたなどという、生臭い逸話の持ち主でもあったから、余計に人々の憤懣《ふんまん》をかきたてる存在になったのだろう。

「で、それからどうなるんだ」

妻を拝領した男は、これで出世できると計算高く踏んだはずが、予期せず浪々の身に。しかもそこへ大地震――。

「それでですね」

「面白いな。ちょっと加賀藩を匂わせてみちゃどうだ」

「なるほど。そうですね、朱の御門のできたのは……」

弁良坊も思い当たったらしい。

「じゃあ、ちょっとそれらしい名前とか地名とかに変えてみますかね。赤井御門守《あかいごもんのかみ》とか」

「赤井御門守か、そりゃあいいな」

なるほど、戯作者はうまいことを言う。

「一度竹右衛門さんと相談してみましょう。その方が、客が面白がってくれるでしょうし。あんまりやり過ぎて、どこかから横やりが入ってもいけませんが」

確か、弁良坊が以前に御伽家文福といっしょになって作った〈猫ヶ原戸山霞〉は、表向きは鎌倉幕府の噺だが、どう聞いても将軍家と尾張藩の確執の噺になっていたはずだ。

――なんか、面白いよな。

弁良坊も自分も、もともと身を置いていた武家の世界を、今はまったく違う目で見ている。ややこしくて面倒くさい、しかしもう関わりのない世界のもめ事は、今や生計《たずき》の途《みち》を辿《たど》る、貴重な飯のタネである。

――だから、この書き割りで、じゅうぶんだ。

武士の身分も、絵師の評判も、もはや遠い。

遠くて良い。それで良い。

ようやくそう割り切って、絵筆を持つ気になっていたのに。

今更になって、加悦堂なんかに見つけられてしまうとは。

もう贋作をやる気はない。そう言い張った新助に、加悦堂はにやにや笑いながら、こう囁いたのだ。

「そうはいきませんよ、新之介さん。あなたには、どうあっても描いてもらいます」

「どういうことだ」

「うちにはね、以前にあなたが描いた幾重の肉筆画がまだ三枚残っているんです」

「それがどうした。そんなもの、おれの知ったことじゃない」

「おやおや。もしそれを持って、手前がお恐れながらとお上へ訴え出たらどうします」

「どうしますって、どうにもならんだろう。おまえがおれに描かせたんじゃないか」

「手前が描かせたっていう証拠はどこにもありませんからね」

加悦堂はつやつやした顔で、勝ち誇ったように言った。

「あなたからニセの幾重を摑まされた、おかげで大損をしたと、訴え出ることもできるんですよ」

「なんだと……。そんなこと」

「お役人のお調べですからね。さあて、どちらの言うことが通るか」

もし公事にでもなれば、きっと師匠のところに自分が描いたものが持ち込まれて、何の証拠もない。

「これは偽物だ」と言われて、万事休すだ。

――お咎めは、まずは罰金か。さらに加えて手鎖《てぐさり》か敲《たた》き……。それとも遠島《えんとう》か？

お光はそんなおれを見て、どうするだろう。

怒って罵るか、泣きわめくか。

――黙って顔を背けられるのが、一番辛いな……。

いずれにしても、別れるしかなくなるんだろう。

昔の過ちは、どこまでも追っかけてくるらしい。

「そんなことにされたくなかったら、おとなしくまた描いてくださいよ、ね。ここではなんでしょうから、存分に腕を振るっていただける座敷と道具、用意してお待ちしていますから」――囁きに念を押していった加悦堂の声が、耳の底に執念く残っていた。

――どうすれば良い。

「ただいまぁ。ああ疲れた」

いつもの声だ。

「おう、お帰り……早かったな」

「何よそれ、早く帰ってきちゃいけないの」

お光が口をとんがらかした。

——まったく。

相変わらず口の減らない女だ。

ぺちゃくちゃぺちゃくちゃ、手八丁口八丁。

疲れたなんて言い草はどこへやら、家の中が打って変わって賑やかになる。

「これ、きれいね。牡丹だよね？」

「おう。清洲亭の新しい書き割りだ」

「ふうん。描くのはいいけど、あそこ、ちゃんと手間賃くれるんだろうね？　おまえさん、言うなりに何でも描いちゃだめだよ。もらうもんはもらわないと。だいたいね、おえいさんと棟梁ったらね……」

秀八とおえいの話、下座の三味線弾きと弁良坊の話、女義や手妻使い、人形遣いの話、今日回った得意先の商家の話、宿場の女郎たちの話……お光はえんえん、えんえんとしゃべり続ける。

ふうん、へえと適当に相づちを打ちながら、新助は昼に買っておいた鰯《いわし》を焼いて、香の物を添える。

「おい、しゃべくってねえで、飯」

「うん……。でね、そこのお内儀さんがね……」

酒に燗《かん》をして、猪口《ちょこ》でぐいとあおる。さっき弁良坊が「もらい物ですが」と持ってきてくれた酒だ。

つーっと、喉から胃の腑《ふ》へ染みていく。いつも飲んでいるのより上等らしい。先に飲んで残っていた安酒に向かって「寄れい、寄れい」と、道を空けさせて通っていくようだ。

「……ね、おまえさん、おかしいだろ？」

「ん？　何が」

「何だよ、ちゃんと聞いておくれよ」

「ああ」

このまま、お光のおしゃべりがずっと止まらなければいい。明日の朝なんか、ずっと来なくていい。

「お茶漬け、食べる？」

「ああ、そうだな。わさび、ちゃんと入れてくれよ」

「分かってるって」

ずずっと、茶漬けをかき込む。海苔とわさびがふわっと香った。
「おいしかったね、今日の鰯。おまえさん、魚焼くの上手だよね」
目にふと何かが滲んできたのは、きっと、お光が茶漬けにわさびを盛りすぎたせいだ
——新助はそう思うことにした。

五

……八歳の時、初高座。寄席は神田紅梅亭《こうばいてい》、ネタは〈どじょうっ子〉。十二歳の時、竹本正太夫《たけもとしょうだゆう》に入門、芝居の浄瑠璃語りを志すが、二十一歳で廃業。その後、父である初代九尾亭天狗に入門する……。

手習い所から帰った彦九郎は、去年亡くなった噺家、三代目の九尾亭天狗から生前聞いた内容を、巻紙を使って年代順に書き直していた。

——外題《げだい》は、『希代の噺家　三代目天狗の生涯』とかかな。

ご自身がもはや伝説のようになってしまったお方だ。奇を衒《てら》わない方が良い。

これは戯作として出すのではない。作り事を交えず、ご本人から聞き書きしたことを、できるだけ丁寧に書き綴《つづ》るつもりだ。

——お幸《こう》さんにも、もう少し話を聞きたいな。

今頃は一周忌の準備で忙しいだろうから、それが終わったら、改めて伺おう。

天狗の一代記を出したい、と大観堂に相談すると、大橋の隠居は、彦九郎の覚え書きにざっと目を通して、「なるほど、これは良い」と言った。

「先生は、こういう、堅いものの方が向いておいでかもしれませんね。まずは、草稿を書いてみてください。できる限り、開板しましょう」

ようやく、二冊目の本が出るかもしれない。

そう思えばありがたいものの、「堅いものの方が向いておいで」という隠居の言葉に、彦九郎はちょっと引っかかっていた。

——作り事は、あんまり上手くないって思われてるのかな。

そうだとしたら残念だ。

実は先日、〈猫ヶ原戸山霞〉を読み物にして隠居に見せたのだが、噺では面白い、猫と鳩との合戦のくだりなどが「読み物にしてしまうとつまらなくて、ここで飽きてしまいます。手を入れて書き直してください」と突き返されてしまったのだ。

こちらも諦めたつもりはないが——確かに天狗の一代記の方が、良いのかもしれない。

「うにゃ」

黒猫の筆之助《ふでのすけ》が、広げた巻紙の上を悠然と横切っていく。

「こらこら。そこを歩くなよ」

清洲亭の五郎太と違って、筆之助の縄張りは狭いらしく、だいたいこのあたりにいる。同じ母猫から生まれても、だいぶ性格が違うようだ。

「おまえには、とてもおふみさんを助けるような武勇伝は無理だな」

知りませんよと言いたげな黒猫の行く手から、彦九郎は、手に入れたばかりの草双紙を拾い上げた。

――どうやったらこんな筋を思いつくんだろう。

〈鼠小紋《ねずみこもん》東君《はるの》新形《しんがた》〉――この正月に、大当たりをとった芝居を、絵入りの読み物に仕立てたものである。

主役の鼠小僧《ねずみこぞう》は市川小團次《いちかわこだんじ》。團十郎亡きあと、芝居好きの江戸っ子たちの期待を一身に集めている役者だ。決して美男子とは言えぬその容貌が、かえって当世風である。

ただ、彦九郎が注目しているのは、役者ではない。

市村座《いちむらざ》の作者、河竹新七《かわたけしんしち》。

〈児雷也豪傑譚語《じらいやごうけつものがたり》〉、〈都鳥廓白浪《みやこどりながれのしらなみ》〉、〈吾嬬下五十三駅《あずまくだりごじゅうさんつぎ》〉、〈蔦紅葉宇都谷峠《つたもみじうつのやとうげ》〉……ここ数年、当たる新作の芝居を次々に書き続けている人物だ。

完全に新たな筋ばかりというわけでもなく、もとの話は講釈だったり読本だったりするのだが、この人の手にかかると、必ず元ネタより面白くなっている。いったい、どういう物の考え方のできる人なのか。

――天賦の才か。

自分には、ないんだろうか。考えると、気が滅入ってくる。

――比べる方がおこがましい、か。

向こうは当代一の芝居の書き手、こっちはまだやっと戯作が一冊出たっきりの浪人だ。他人《ひと》が聞けば、鼻で笑われるどころではなかろう。己の胸の中だけとはいえ、夜郎自大《やろうじだい》にもほどがある。

夜郎とは、唐土の民族の名だったかな、出典は『史記』だったか。漢籍を開いて確かめてみようかと思ったが、なんだかそんなことをしている自分が急にばかばかしくなってしまった。

――清洲亭にでも行くか。

そろそろ、昼席が仲入りに入る頃だろうか。

ちょいちょい面倒も持ち込まれるが、それでも、気晴らしにはあそこが一番である。

彦九郎は今や身内扱いなので、木戸銭が要らないのも、正直有り難い。

「あ、先生、どうも」

「おや、久しぶり。元気でやってるかい」

木戸近くで、神妙な顔を見せたのは、木霊《こだま》だった。

「おかげさまで……」

「今日はどうしたんだ？　今月、清洲亭には結局出ないことになったんだろう」

「ええ。その件で、おわびを言いに参りました」

亡くなった天狗の忘れ形見、九尾亭木霊は、現在、九尾亭牛鬼《ぎゅうき》の弟子として、前座から修業をやり直している。

四代目天狗の名をどちらが継ぐかを決めるために去年、五ヶ月にわたって行われた「襲名争い興行」では、僅差で敗れた牛鬼だが、噺家としての実力はむしろ広く知れ渡ることになった。

もともと、弟子を教えることについては、現在四代目天狗を名乗る、狐火よりも定評のある真打なので、秀八はじめ、木霊の身の振り方に少なからず心を砕く者たちは、安堵していたのではあったが。

「庄助さん、お席亭は、まだお戻りになりませんか」

「ああ木霊さん。たぶん、もうじきお見えでしょう。お待ちになっていてください」

高座から、膝代わり――トリの前に出る芸人をこう呼ぶ――をつとめる翠の〈かっぽれ〉が聞こえてきた。客が勢いよく合いの手を入れている。

翠に代わって文福が上がってほどなく、秀八が戻ってきた。

「お席亭。木霊さんが来てますよ」

庄助に言われて、秀八は目をぱちぱち、訝しそうな顔になった。

「木霊が？　いったいなんで」

「お席亭、このたびはご迷惑をおかけして申し訳ありません」

顔を見るなり、木霊は平身低頭、平謝りである。

「なんだ、わざわざ謝りに出向いてきたのかい。構わねえって言ったじゃないか」

文福が猫と鳩のくだりを熱演しているのが聞こえてくる。さすがに再演で、かなり口調もこなれてきて、滑らかだ。

道具は立てないが、鳴り物は昼も入れている。三味線を弾くおふみの横で、太鼓や鉦を懸命に使っているのは、前座の翁竹箕《たけみ》である。

木霊が、音のする方にちょっと羨ましそうな視線を送ったのを、彦九郎はかわいそうに思った。

実は、本来ならば今月、木霊は清洲亭で前座をつとめるはずだった。〈猫ヶ原戸山霞〉の鳴り物をするのを、とても楽しみにしていたのは、彦九郎も知っていた。

ところが、かなりぎりぎりになって、「閏五月はそちらへうかがえません」と断ってきて、秀八を慌てさせたのだ。

前座の仕事は、師匠の許しなしには成り立たない。

木霊を四月に清洲亭によこしてくれることは、ずいぶん以前に牛鬼の了解を得ていたはずなのに、「他へついてきて欲しいところができたから」と、急に約束を反故《ほご》にされたと、秀八はかなり怒っていた。

「竹取《たけとり》の旦那が快く竹箕さんを回してくれたから良いですが、そうでなかったら大変でしたよ」——前座といっても、入ったばかりで鳴り物の稽古も不十分な者では、今回の役目はつとまらないから、秀八だけでなく、文福も困り切っていたようだ。

「本当に、申し訳ありませんでした」

木霊はもう一度言って、秀八に羊羹《ようかん》の包みを差し出した。

「で、用ってのは、これだけなのかい？」

「はい」

秀八と彦九郎は、思わず顔を見合わせた。「わびを言うだけのために、品川までわざわざ来たんですか？」

彦九郎はつい、問いを重ねてしまった。

「はい。行ってこいと、師匠が厳しくおっしゃるものですから」

「ほう……」

義理堅い、とも言えるが、それならなぜ、急に約束を違《たが》えるようなことをしたのか。

そもそも、木霊に非があるわけでもない。

もしかして、これは木霊へのいじめのようなものではないのか。彦九郎はどうもいやな気がした。

「木霊さん、だいじょうぶかい？」

「まあ、うちの師匠、気まぐれなところがおありで……。こんなこと、よくあるんですよ。気にしてもしょうがないんで」

木霊はあっさりとそう言った。

「それより、廊下で音だけでも聞いていっていいですか」

「おう。何なら袖から見るかい？」

「いえ。文福師匠にお断りをしていないんで、それは遠慮しておきます」

木霊は客席の外側の廊下に立ったまま、流れてくる音にじっと耳を傾けている。

――大人になったな。

やがて文福が語り終えて楽屋へ戻ってくると、木霊は身を縮めてそっと近づいて行き、また深々と頭を下げた。

「いいんですよ。牛鬼師匠が一筋縄じゃいかないお方だってことは、手前たちも承知しています。本当言うと、弁慶兄さんは、木霊さんを狐火師匠のところに行かせるつもりだったのに、どっかで風向きが変わっちまった、困ったもんだって、こぼしてたくらいですから……。あ、これ、手前が言ってたって、よそで言わないでくださいよ」

「あ、はい、もちろんです」

木霊は苦笑いしている。

「たいへんでしょうけど、どうか、こらえてください。何せ、木霊さんは、生粋《きっすい》の天狗の血を引いているんだから。手前みたいな者からしたら、羨ましいですよ」

「はい……」

もう一度深々と頭を下げてから、木霊が去って行くと、秀八がなんとも言えぬ顔をしていた。

「なんていうか、変われば変わるもんですねえ」

「そうですね」

「女郎と心中し損なって、溺れて先生に助けられたのは、ついこないだのことみたいですが」

「ま、そのことは、黙っていてあげましょう」

六

「よう、棟梁、いるかい」

「新助さんじゃないですか」

新助が自分から清洲亭を訪ねてくるとは珍しい。

「絵、全部あがったぜ。おれ一人じゃあ持ってこられないから、取りに来てくれないか」

――ずいぶん早いな。

まだ閏五月の半ばだ。いつもぎりぎりなのに、どういう風の吹き回しだろう。

「ありがてぇ。竹箕さんに頼んで、留吉を合力《ごうりき》につけて、取りに行ってもらいやす」

――しかも、朝も早いぞ。

秀八はこれから普請に出かけるところだ。こんな時間に、新助が出向いてくるなんて。

「お光さんは、もう仕事へお行きなすったんですかい？」

「うん。なんか、芝居見物に行くお内儀さんとお嬢さん、それにお供の女中たちの、髪を頼まれているとか言って、さっき出かけていった」

品川から猿若町の芝居に行くのなら、旅である。どこの大店か知らないが、母娘《おやこ》の優雅な道中支度だろうか。

「手間は、明日でもよろしいですかい？　すみませんね」

「良いよ。良いが……。もしおれがいなかったら、お光に渡してくれ。それから、手間は明日でも良いが、絵の受け取りは、今日中にしてくれないか」

「分かりやした。すぐに行かせます」

「じゃあ、待ってるから」

何か出かける用でもあるのだろうか。

不思議に思ったが、へそを曲げられても困るので、秀八はすぐに竹箕に行ってくれるように頼んだ。

「すぐに留にも行かせるんでお願いしやす」

「分かりました」

今日の普請は、例の洋物屋のガラス窓の仕上げである。

「親方、おはようございます」

座敷に行ってみると、すでに留吉が来ていて、道具などが調えられていた。

「留、今日はもうここはいいから、おまえこれから新助さんのところへ行ってくれ」

「新助さん……あの、お光さんのご亭主ですか?」

留吉がごくりと唾を飲み込む音がした。新助の腕っ節の強さを知っているので、何事かと身構えている。

「だいじょうぶだ。今日は別に物騒な用じゃない。絵を引き取ってきてほしいんだ」

「絵ですか」

「新助さんの本業はそっちさ。先に竹箕さんが行ってるから、指図に従ってくれ」

「合点でぃ」

留吉を行かせておいて、秀八は桟に手を伸ばした。

目の細かいやすりで丁寧に磨き上げ、さらに木賊《とくさ》を使って滑らかにしてある。ガラスとのあたりを考えてのことだ。

――よし。きっちり入るぞ。

前にやった時点で、一度すべてきちんと嵌まるのを確かめてある。ぬかりはないはずだ。

――早く来ないかな。

秀八は施主を待っていた。

仕上げはぜひ、施主の見ている目の前でやりたいと思い、今日の約束になったのだ。

「おお、棟梁、待たせたね」

「旦那、どうも。じゃあ、始めますから、見ていてくださいよ」

施主からガラス板を受け取ると、まずそれを桟にはめる。

するする……とん。

軽く滑らかな音がした。

――よし！

緩過ぎず、きつ過ぎず。これなら、桟とガラスがこすれ合うこともないし、隙間が空いてがたがた言うこともない。我ながら納得のいく仕上がりだ。

今度は、それをさらに、障子の一部分へと納める。格子をきっちりとはめた戸を鴨居と敷居の間に立てて、開け閉めの具合を見る。

施主は何度も開け閉めし、ガラスを通して向こう側を見て、うなずいた。

「いいね」

「得心していただけましたか」

「ああ、良い仕事だ。島崎楼の亭主、目は伊達《だて》じゃないようだな。ガラスがだめになったりしたら、その費用はそっちへ請求するぞって、脅しておいたんだが」

そんな心づもりだったとは。

どうもいちいち、物言いが気に入らない。

「で、手間賃は見積もり通りでいいんだね？」

「えっ……ええ」

――良かった。

高すぎると言われはしまいかと、いくらか身構えていたので、秀八はほっとした。

「じゃあ、ここに、確かに十両。受け取り、書いておくれよ」

「はい。今」

――おっと、小判が十枚だ。

秀八は腹掛けから印判を取り出した。

……金十両、確かに受け取り候。

戸一枚で十両。

決して、ふっかけたのではない。それくらいの仕事だという自信はある。桟も格子も、材選びはもちろんのこと、試作品を二度作るなど、かなりの手間がかかっている。

ただ、こうした職人仕事の値打ちは、見る人によって受け取り方が違う。木肌の滑らかさや、組みの微妙な整え方など、ぱっと見には分からぬ仕事に、「高い」と文句を言う施主も、時にはいる。

——さすがに、道具を扱う商売の人だけあるな。

施主の加悦堂は、もともと日本橋に店を持っていた唐物屋だと言う。近頃になって品川に支店を出し、こちらは洋物ばかりを商う店になっていると、仕事の合間にお茶を淹《い》れにきてくれた小女《こおんな》が話していた。

妙につやつやした顔や、人を見下すような物言いはいけ好かないが、こちらの仕事に見合ったものを払ってもらえれば、とりあえず言うことはない。

「それじゃあ、手前はこれで」

秀八は道具箱の中身を確かめ、挨拶をした。

「ああ。また何か頼むかもしれん」

「どうぞ、ごひいきに」

庭伝いに表へ出る。振り返ってみると、加悦堂は店構えこそ小ぶりだが、造作のいちいちが凝っていて、いかにもひっそりと大きな商いをしていそうである。

——十両か。

この腹掛けに入っている金額としては大きい。

もちろん、家の普請なんかなら、もっと大きい金額のやりとりもあるが、そういう時は何度かに分けてもらったり、家に持ってきてもらったりするから、こういう形で十両は、そうそうあることではない。

——懐が温《ぬく》いってのはありがてぇな。

金ッ気のものってのは、だいたいひんやりするもんだが、肌身に触れていると温もってくる。

——そう言えば。

あ、いやいや、あてにするのはやめよう。

あてとふんどしは向こうから外れる。取らぬ狸の皮算用。

ぶつぶつ言いながら帰ってくると、新助の絵が客席に運び込まれていた。

「よし、広げてみてくれ」

竹箕と留吉が畳の上に、絵をそっと広げる。

「こりゃあすごいな」

畳が青々と広がり、奥行きを感じさせる、武家の広間。打って変わって、薄暗い裏長屋。さらに、商家の離れらしい、趣味の良い座敷。こちらは掛け軸なんかがあしらってそれらとは別に、真紅の花を描いたものが数枚あった。絵の具にわがままを言ってきただけあって、赤の色が深い。燃え上がりそうである。

――これはどうするのかな？

考えていると、折よく弁良坊がやってきた。

「おや、早いですね。新助さん、よほど気が乗ったと見える」

「ええ、今日取りに来てくれと言われまして」

「ほう」

「先生、この花はどうするんです？」

「ああ、これはですね。ええっと、こっちは幽霊役が背負う用。こっちは演者の背後からにゅっと頭の上に出したいですね」

「それじゃあ、裏打ちしてから切って、割竹に張りますか」

凧《たこ》を作る要領だ。

「そうしましょう。でも、六月までまだ間がありますね」

「そうですね。今から作っちまうより、このまいったん、道具小屋へ仕舞っておきましょうか」

大工と寄席。二足の草鞋《わらじ》を履いていると、どうしても物が増える。寄席にも納戸があるるのだが、そっちはもういっぱいだ。

とりあえず、絵のまま、丁寧に巻いて油紙で包み、道具小屋へしまっておくことにした。

「面白いものができそうです。しかし、お席亭、あんまり道具入りの噺ばかりやると、こういうものを置く場所を考えないといけませんね」

それはしばらく前から考えていた。

――この十両ありゃあ、そういう工夫もつくだろう。

秀八の工夫で、道具のほとんどは、組み立て式になっている。ある程度解体すれば、ほぼ平たい形になる。

――人形立ては使い回しできるから、数はそうたくさんいらないし。

平たい背景に、三角形に作った木組みを組むと、高座の後ろに立つように作れる。この木組みのことを「人形立て」と呼ぶ。

――平たいものをたくさん立てて置ける場所か。

秀八は清洲亭の造りを頭の中であれこれ思案した。こういう思案は、けっこう楽しいものだ。

「あの、うちの人、来てない?」

楽しい思案は、けたたましい声で遮られた。

「先生！　先生はここ？　うちの人、いっしょじゃないんですか！」

お光の声だ。

「お光さん。どうかしましたか」

「どうかじゃありませんよぉ」

叫びながら入ってきたお光は、広げてある絵を見ると、堰《せき》でも切ったようにうわあっと大声を上げて泣き始めた。

「なんで……なんで、いきなり……」

しゃくり上げながら、時々小さくそうつぶやいている。

「どうしたんですか」

弁良坊は落ち着いて声をかけたが、お光は泣き止まない。

――参ったな。

また喧嘩か。今回はいつにも増して派手にやったらしい。

そろそろ昼席を開ける時間だ。いつまでも泣かれていると困るのだが。

「おい。これ、片付けてくれ。大事なものだから、きれいに巻いてな」

竹箕と留吉が、絵を丁寧に巻いていく。

「ともかく、泣いてちゃ分からないじゃありませんか。どうしたんです」

「今、仕事先を一つ終えて、次へ行く前に、いったん家に戻ったら、こんなものが」

涙と鼻水で顔をぐちゃぐちゃにしたお光は、そう言って紙切れを一枚、膝の前に投げ出した。

「これは……」

弁良坊が言葉を失っている。

——三行半《みくだりはん》！

漢字の苦手な秀八でも、この書式なら見当がつく。離縁状だ。

これは、よほど新助を怒らせたのか。

「それから、これが」

〝べらぼうの先生にわたしてくれ〟

表書きはほとんど仮名で書いてあって、秀八にも読み取れた。

「某あてですか」

かなりの厚みだ。糊《のり》でしっかり封じてあるのを、弁良坊が丁寧に剝《は》がしていく。

巻紙に書いたのを、畳んだものと見える。弁良坊がびらびらと開きながら忙《せわ》しく目を動かす。

——漢字ばっかりだ。

秀八にはまったく中身の見当はつかない。

「なんて書いてあるんですか」

ようやく少し落ち着いたお光が、弁良坊の背後に回り、食い入るように書状を見ている。

——読めるのか？　お光さん。

「何が書いてあるの？　全然分からない」

どん！　お光が足で床を強く踏みつけた。まるで小さな子が、地団駄を踏むようだ。

「絵の道具もなくなってるし。あの人、出ていっちまったんですよぉ。いったいどうなってんですか。あたし何にも悪いことしていないのに」

「ちょっと待ってください。すぐにはどう説明したらいいか」

「もう！　男って、どうしてそうやって、男同士でこそこそするの。なんで、何でもかんでも女から隠そうとするんですかぁ」

お光が再び号泣しはじめた。

「うるさいねえ！　これからお客を入れようって席で、ぴいぴい言うんじゃないよ」

二階から、ぴりっとした声が下りてきた。

——翠師匠。

「お光さん、だったね？　ちょいとあたしの頭、直してくれないかい？」

「あ、はい」

翠に言われて、お光は弾かれたように背を伸ばすと、懐から櫛《くし》を一本取り出した。

鬢《びん》のほつれ、髷《まげ》の乱れをきれいに整えて、櫛目を通し、簪《かんざし》を差し直す。

「ありがと。はいこれ」

翠が、懐紙で包んだものを差し出した。お光はそれを受け取り、中を見て首を振った。

「え、こんな程度で、こんなにいただくわけには」

「何言ってんの。おまえさん、髪結いの玄人《くろうと》だろ？　その玄人がこれから人前へ出ようっていう玄人の芸人の髪に櫛入れたんだから、これくらい、ちゃんととっときなさいよ」

「はい」

「それからね。男の隠し事は」

秀八は思わず、翠の言葉に耳を傾けてしまった。

「許すか許さないかは、最後まで成り行きを見てからにおし」

「成り行き？」

「そう。幸い、おまえさん、自分の腕に生計の途がちゃあんとあるんだ。亭主のことは、今日のお得意さんを全部回ってから考えても、遅くはないんじゃないかい」

「今日のお得意さん……」

お光はしばらく鼻をすすっていたが、やがてきちんと座りなおした。

「じゃあ先生。あとで必ず、うちの人について知っていること、教えてくれますね？」

「え、ええ……」

弁良坊は気圧《けお》されつつも、言葉を選んでいるように見える。

「ええと、お光さん。今言えることが一つだけあります」

「今言えること？」

「はい。新助さんは」

「うちの人は？」

「新助さんは、決して、お光さんのことが嫌いになったから、こんなものを書いたわけじゃないです」

「本当に？」

「はい。だから、翠師匠のおっしゃるとおり、最後まで成り行きを」

お光は分かりました、と小さく口の中で言って、清洲亭から出て行った。

「お席亭。昼席、開けますが、よろしいですか」

「ああ、庄助さん、すみません。お願いします」

竹箕の叩く太鼓の音が鳴り響き、気の早い客が入ってくる。

秀八は昼席の仕切りを庄助に任せて、自分たちの住まいの方の座敷に、弁良坊を招き入れた。

「……で、先生、いったいどうなってるんで？」

さっきはお光の剣幕のすさまじさにあまり深く考えていなかったが、もし新助がいなくなってしまったら、こっちも困ることになる。

「ううん。実はですね。新助さん、かなり面倒なことになっているようです」

「面倒なこと？」

「はい。おそらく、お光さんを巻き込みたくないというので、離縁状を書いたのでしょう」

「巻き込みたくないって言いますと」

「悪くすると、自分がお縄になるかもしれない。そう思ってのことでしょう」

「お縄に！」

いつぞや見た夢が思い出されて、秀八はぞっと総毛立った。

それから弁良坊は「絶対に口外は無用」と念を押して、新助が昔、贋作描きに手を染めていたこと、当時の仲間に見つかって、もう一度描けと脅されているらしいことを話してくれた。

「おそらく、その人のところへ行ったんじゃないでしょうかね」

「その、当時の仲間ってのは、いったい」

「加悦堂っていう、洋物屋の主人だそうです。もともとは日本橋で唐物屋を営んでいるそうですが、どうやらそっちは番頭に任せて、主人が最近品川へ店を出したとか」

——加悦堂！

あの主人、そんな悪党なのか。

すました顔をしやがって。

「唐物屋とか洋物屋というのは、要するに道具屋、骨董屋と同じ類ですからね。きっといろんな裏商売もあるんでしょう」

裏商売。

あのガラス板も、そんな商売で手に入れてきたのだろうか。

「それで、どうしたらいいですか。何か策はありますかい」

「そうですねぇ」

弁良坊はしばらく考えていた。

「棟梁。たいへん野暮なことを聞きますが、今、金子、どれくらい用意できますか」

「きんすって……金、おあしのことですか？」

「ええ。金と智恵と腕で、三すくみにでもなるといいんですがね。児雷也みたいに」

弁良坊はなんだか独り言のように、ごにょごにょ言っている。秀八に言っているのではなく、頭の中で考えていることを、ぼろぼろ言葉にしているだけなのだろう。

児雷也の三すくみなら、蝦蟇、蛞蝓《なめくじ》、蛇だろう。相変わらずこの先生は、時々何を言っているのか分からない。

「先生。十両じゃあ、足りませんか」

そんなやつの普請でもらった金なら、たたき返してやってもいい。損が出るのは忌々しいが。

「十両、ですか……」

弁良坊は斜め上を向いたまま、腕を組んで考え込んでいる。

「棟梁、いるかい」

野太い声がした。

「あれ、源兵衛親分」

「おう。ちょいと、大事な用があるんだが」

この取り込んでいる時に、岡っ引きが何の用だろう。

――まさか、新助さん、何かあったんじゃないだろうな。

七

「こっちですよ」

本陣を右手に見て、一本目の筋を左の脇道へと入る。寺の門前町らしく、落ち着いた賑わいだ。

彦九郎は秀八と同道して、加悦堂へ向かっていた。

──あれか。

雪輪《ゆきわ》に梅を染め抜いた暖簾。目立たない店構えだが、商売柄こんなのがかえっていいのだろう。

あたりが静まりかえっているところを見ると、彦九郎がもっとも恐れていた事態は起きていないらしい。

──ということは。

「ごめんよ」

店に客はおらず、奥からめがねをかけた番頭らしき男が「いらっしゃいませ」と声をかけてきた。

「おや、棟梁じゃありませんか」

「実は今日は、普請の話で来たんじゃないんで。こちらのお方が、ご亭主に会いたいってんでね、お連れしたようなわけでございやす」

男はこちらの人相風体に、値踏みするような目を向けてきた。明らかに怪しんでいる様子である。秀八がいっしょでなければ、けんもほろろに追い返されるに違いない。

「お名前を伺ってもよろしいですか」

「弁良坊黙丸と言います」

「べらぼう……？」

「浪人ですのでね。子細あって、本名はご勘弁いただきたい」

「手前の身内同然のお人です。怪しい方では」

「そうですか。少々お待ちを」

男は奥へ引っ込んだ。店には二人だけが残された。

——鷹揚《おうよう》なもんだな。

置いてある品々は、売り物か、それとも飾りか知らないが、どれも見慣れない、しかし高値《こうじき》そうなものばかりだ。

色ガラスで鳥を描いた大きな碗のような器、細かい花の絵付がされた、華奢《きゃしゃ》な作りの持ち手のついた器。茶道具でもなさそうで、何に使うものか見当がつかない。きっと南蛮渡りの品だろう。

——持ち去られたらどうするつもりだ。

とはいえ、これを仮に持ち去る者がいたとして、金に換えようとすればすぐ足がつくに違いない。常識のある大半の質屋なら、たいてい出所を疑ってかかる。

——これは。

彦九郎の目は、壁に掛けられていた絵に惹《ひ》きつけられた。南蛮のどこかの国の景色のようだ。

道沿いに続く、平らな屋根に白い壁は、町人の住まいだろうか。一方奥には、妙に尖った屋根をした、塔のような建物が描かれている。

絵に描かれている景色も不思議だが、絵なのに妙に奥行きが深く感じられるのも不思議だった。

――何かに似てるな。

そうか、浮絵《うきえ》だ。絵が浮き出て見える画法で描かれた絵。昔流行ったという政信《まさのぶ》の芝居絵なんかがそうで、この南蛮の絵はそれに近い。

奥村《おくむら》政信が生きていたのは享保《きようほう》の頃だから、今から百年以上も前である。

――そんな昔の錦絵《にしきえ》と、南蛮渡りの絵が似ているなんて。

絵に見入ってしまい、つい自分がなぜここへ来たかを忘れそうになる。

「お待たせしました。こちらへどうぞ」

現れたのは、さっきの男ではなく、小柄な若い女だった。二人の斜め前を歩きながら、長い廊下を奥へ奥へと案内していく。

女が障子の前に座り、ぴたっと手をついた。

「旦那さま。お客さまをご案内しました」

「どうぞ、お入りを」

促されて座敷へ入る。ふわりと涼やかな香りが立ち上った。床《とこ》の香合《こうごう》に、さっき店先で見たのと同じ、南蛮の花模様がついていて、甘く涼しげな香を立ち上らせていた。

花生けには、青く透き通るような花を咲かせた杜若《かきつばた》が、すらりと背筋を伸ばしていた。こちらは南蛮ものではなく、あえて黄と青翠の鮮やかな九谷なのが、かえって心憎いところだ。

——例の座敷はここじゃないんだな。

縁側との隔てには障子が半開きにされていた。秀八がガラス窓を嵌めたというのは他の部屋らしい。

「さて、ご用件というのは」

加悦堂の主人は、秀八と彦九郎の顔を交互に見ながら、探るような目を向けてきた。

「実は、人を一人、お返しいただきたいのです」

「人を？」

「手取新之介という人が、ここにいるでしょう」

「そうおっしゃられましても。手前はその方を存じ上げませんが」

主人の物言いがあまりにも落ち着き払っているので動揺したのか、隣の秀八がこちらを不安そうにちらっと見た。

押し問答は時の無駄だ。彦九郎は声を張り上げることにした。

「新助さーん。いるんでしょ？　弁良坊です。聞こえますよね。出て来てください」

勢い付いたように、秀八も声を上げた。

「新助さーん。清洲亭の秀八です。ちょいと出て来ちゃくれませんか」

「困った方たちですね。ここでそう騒がれては……」

――出てこい、新助。

いったい、どういうつもりなんだ。

正直言うと、こちらが手間取っていた間に、〝新助が加悦堂を殺した〟という知らせが来てしまうのではないかと、彦九郎は気が気では無かったのだ。

――何も起きていない、ということは。

廊下から、足音が聞こえてきた。どかどかと入ってきた男が、目の前に仁王立ちになった。

「新助さん！」

秀八が声を上げた。

「手取さま。どうも、妙なお友だちが出張ってきたようですが、どうなさいます。何のご用でしょうかね」

新助の目がぎらぎら光っていた。手や袖には絵の具の散った跡が見える。

「何しに来たんだ、おまえら」

「新助さん。ここにいちゃいけない。いっしょに帰りましょう」

「うるせぇ。おためごかしはたくさんだ。帰れ」

加悦堂の隣で立ったままの新助が、二人に向かって廊下の方を顎で示した。

「そうは行きませんよ。では、単刀直入に言います。こちらでは、新助さんに贋作を描かせているのでしょう」

「何をおっしゃる。藪《やぶ》から棒に」

加悦堂は上目遣いにこっちをにらみつけた。

「隠してもだめです。新助さんが名うての贋作描きだったことは、こっちだって知っているんですから」

「うるさいな。先生も棟梁も、こんなとこへ出しゃばってくるんじゃねえ」

「新助さん。こんなところにいないで、手前といっしょに帰りましょう」

「それができるくらいなら、はじめっからここへ来たりしねえよ」

「加悦堂さん。そちらではこうして新助さんを囲い込んで、散々これからもうけるつもりでしょうが、そうは行きませんよ」

「どういう意味ですか」

「いいですか？　こうして、少なくとも某と棟梁はそのことを知っているんです。棟梁には懇意にしている目明かしだっていますし、某だってそれなりに画業に近い方々とお付き合いがある。こちらからお上に訴えるなりなんなり、そちらのご商売を止めることだって……」

彦九郎の言葉が終わるか終わらないうちに、新助が素早く秀八の背後に回り、首に手をかけていた。

「うげっ」

秀八が目を白黒させている。喉の柔らかいくぼみに、新助の指がぐっと入り込んでいるのが分かる。

話の成り行き次第では、自分たちの目の前で、新助が加悦堂を絞め殺そうとするかもしれないとは思っていたのだが、選りにも選って、秀八に手をかけるとは――。

「先生。おれが素手で人を殺せることくらい、知ってるよなあ」

「新助さん。なんてことを」

――これはよほど度を失っていると見える。

「後生だからもうおれのことはほっといてくれ。おれはここで一生、絵を描いて暮らすことにしたんだ」

「何を言ってるんです。もう贋作はしたくないって、あれほど言ってたじゃありませんか」

「いいんだ。どうせもうお光のところへは帰れやしない。せめて絵ぐらい好きに描かせてくれ。見逃してくれ」

「新助さん。おやめなさい。こんな悪党を儲《もう》けさせるために、日の目を見ない絵をこれ以上描くなんて。そう自棄《やけ》になっちゃいけません」

加悦堂が口の中で小さく「悪党、ねぇ」とつぶやき、鼻で笑った。

「うるせえ。どっちにしたっておれの絵はもう日の目なんて見ねぇんだよ。さあ！　お節介はやめるんだ。でないと、二人ともここで死んでもらうことになる」

秀八の顔の色が土気色になってきた。

――いかん、完全にやけっぱちになってる。

「はっは。こりゃあ良い。とんだ茶番だ」

加悦堂が高らかに笑い声を上げた。

――そろそろ、伝家の宝刀、抜きどころか。

彦九郎は説得の矛先を変えることにした。

「加悦堂さん。じゃあ、そちらとお取引させてください。棟梁に死なれては困りますのでね」

「取引？」

「そうです。ここに五十両あります」

「五十両？」

「はい。これと引き換えに、新助さんの身柄と、昔新助さんが描いたという贋作で、そちらがお持ちになっているという絵を渡してください」

「五十両……」

加悦堂がほうという顔をした。

「悪い話じゃないでしょう。もしその条件を呑《の》んでくれるなら、こちらももうこれ以上お節介はしませんよ。贋作の件を訴えて出たりしません。新助さんが自由の身になって、お光さんのところへまた戻れれば、こちらは他に望みはないんですから」

新助の腕がふっと緩んだのが分かる。

「どうですか加悦堂さん。このままでは、ここで人死にが出て、しかも贋作のことも表沙汰になりますよ」

加悦堂の頭の中では、欲と智恵の算盤《そろばん》が動いているようだ。

「今日某と棟梁がここへ来ていることは、棟梁のおかみさんが知っていますからね。新助さんを使って二人ともあの世に送るなんて、物騒なことはお考えにならない方が良い。新助さんも、いくらなんでもそこまで悪党になりきれるお方とも思えないが」

新助に突き放された秀八が、喉を押さえてえずいている。新助の方は放心したのか、その場にぺたんと座り込んだ。

「先生、おまえそんな金、いったい……」

「その話は後です。さ、加悦堂さん、いかがです？」

「本当に五十両、あるんでしょうね」

「今出してみせますよ。おっと、じゃあそちらも、新助さんが昔描いたにせ絵、ここへ出してください」

懐に手を入れた彦九郎は、加悦堂の動きを目を離さず見守った。

鍵のついた箪笥の引き出しが開けられ、画帖が取り出された。

――役者絵か。

市川海老蔵《いちかわえびぞう》、中村歌右衛門《なかむらうたえもん》、坂東《ばんどう》しうか。

「新助さん。この三枚で間違いありませんか」

幾重をそっくりまねて描いたものらしい。

「おう。間違いねえ」

「じゃあこちらも。どうぞお確かめください」

彦九郎は懐から切り餅を二つ、絵の横に並べて見せた。

「開けさせてもらいますよ。芝居の道具みたいに、実は中は板なんてのは、願い下げですからね」

疑り深いのは、悪党の常だろう。加悦堂は帯封をびりっと破り、銀の板を確かめている。

「なるほど。確かに五十両だ」

「受け取り、書いてくださいよ」

「受け取りですか」

「そうです。これはあくまで取引ですから」

加悦堂は彦九郎の差し出した矢立《やたて》の筆を手に、いくらか震える字で〝五十両、確かに受け取り候〟と書きつけると、懐から出した印を自分の名の下に押した。

「今後一切、手取新之介に近づかないと裏書きして、そちらにも印をお願いします」

もう一つ印が押された。銀が手文庫に入れられていく。

「さて、新助さん、これどうします？　ここで、破りますか。それとも、自分で持って帰りますか」

新助はじっと絵を見つめていたが、やがてぼそりと吐き出すように言った。

「先生。ここで破ってくれ。頼む」

「分かりました。恨みっこなしですよ」

切り餅の帯封を破るより、ずっと低く鈍い音。新助が目を背けているのを、見て見ぬふりで彦九郎は破り続けた。

びりびり、びりびり、びりびり……。

音が止んで足下を見ると、極彩色の紙吹雪が積もっていた。

「さて。これで用は済みました。帰りましょう」

八

日は傾きかけているが、まだ外は明るい。新助は思わず深く息を吐いた。

思えば、加悦堂に来てから、一足も外の土を踏んでいない。

「なんだか、まぶしいな」

「ちょうど、日の一番長い頃ですからね。閏が五月に置かれてるってことは、夏が長いってことでしょうし」

「そうか……それにしても、すまねえな。なんて言ったらいいか」

「そうですよ。おれ、本当に死ぬかと思った。ひでぇことを」

秀八が目をぱちぱちさせている。無理もない。新助はあの時、本気だった。

「おっと、それ以上はもう、互いに言いっこなしにしましょう。その代わり、清洲亭の書き割りは、ずっと描くと約束してくださいね、棟梁」

「ああ、そう願いてぇ」

「もちろんだが……あの五十両は、いったい」

「ああ、あれですかい」

秀八がにやりとした。

「あれはですね。十両は、実はあの主人から、普請の手間賃としてもらったもんです」

「普請……」

「あの家、窓にガラスの嵌まった座敷がありやせんでしたか」

――窓に、ガラス。

「あ、ああ。珍しいなと思った」

「あれ細工したの、おれです」

「そうなのか……そりゃあ」

「あんな悪党の家作に手間暇掛けてやったってのは、胸くそ悪い。もう、いいですよ」

「で、残りの四十両は」

「それはですね。棟梁が拾ったお金です。いやいや、とんだ軍資金のおかげで、良い策が立ちましたよ。そうじゃなかったら、とてもとても」

「拾った金？」

「去年の暮れに普請場で大金四十二両、拾ったんだそうです。結局持ち主が分からなかったそうで。お奉行所から棟梁にお下げ渡しになったんです」

――そういうことか。

それを、おれのために使ってくれたのか。

「しかし先生、最初《はな》っから新助さんの腕であの悪党の旦那の首を締めあげりゃあ、金払わなくても、絵、取り返せたんじゃありませんかねえ。……あ、いや、新助さん、何も惜しんで言ってるわけじゃないですよ」

秀八がそう思うのも人情だろう。惜しんでもらってじゅうぶんだ。

――かたじけない。

「いやいや棟梁。そんなことをしたら、我々が脅しをかけたことになるでしょう。あくまで、これは商売の取引。向こうがそう納得するくらいの金は置いてこないと、あとあと、こちらの目覚めが悪いですよ。できるだけ、双方に恨みを残さないのが、上等なやり方というものだ。言ったでしょう、三すくみって」

「三すくみ？」

「そうです。金と智恵と腕。三すくみになって、もう誰もそれ以上手を出そうと思わないように」

〈児雷也〉の蝦蟇、蛇、蛞蝓。それと、こたびの一件がどう結びつくのか、戯作者の頭の中は、正直よく分からない。

分かるのは、二人が新助のために五十両の大金を携えてきてくれた、ということだけだ。

おれみたいな、酔いどれの身代《みのしろ》に五十両。

――こいつら本当に。

本当に、馬鹿のお人好しだ。それもとびきり上等の。

「まあ、せっかくの大金を、快く新助さんのために使って良いと言ってくれた、棟梁のおかみさんに、くれぐれも感謝してくださいね」

――そうか。

上等の馬鹿には、さらに上等の女房か。

新助は深々と頭を下げた。

「かたじけない」

「いやいや、よしておくんなさい。これからずっと、書き割り描いてくれれば。あ、もちろんその手間は払いますよ。恩を売ろうってんじゃないですから。そのへんは見くびってもらっちゃあ困る」

「ああ。しっかり描かせてもらうよ」

「ところで、問題はお光さんへの言い訳ですが」

弁良坊がそう言ってちょっとにやにやした。

「なぜ離縁状、ってすごい剣幕でして。どうしますかね」

「どうして男はそうやって男同士でこそこそ、隠し事をするって、おれらまで糞味噌《くそみそ》に言われましたよ」

秀八もにやにやしている。

「言い訳の筋書きを書いてみようかと思いましたが……。某のような三文戯作者には、とても思いつきません」

「いや、すまん。分かった」

橋を渡れば、もう南品川だ。清洲亭も、お光の住む長屋も、すぐそこである。

「それは、おれが自分でなんとかする」

「そうですか……。いや、それが良いでしょう」


秀八と弁良坊と別れて長屋の路地に入った新助は、ちょっと身構えてから、声を上げた。

「よう。今帰った」

「おまえさん！」

お光がしがみついて泣き出した。鬢付の油の香りが、新助の鼻にふわっと立ち上る。

「本当に、本当におまえさんなんだね。幽霊じゃないよね」

「ああ」

新助はそっとお光の髪に手を伸ばし、後れ毛を丁寧に撫でつけた。

「自分は髪結いなのだから」と、毎朝きちんと結い上げていくお光だが、夕刻、うちへ戻ってくる頃には、たいてい、鬢や項《うなじ》に後れ毛が目立つようになっている。

一日中、道具箱を提げて、いくつものお得意先を回りながら他人の頭を結っていると、自分の頭を構っている余裕はないのだろう。

「帰ってきたんだよね。またどっか行ったりしないよね。この離縁状、破って良いよね」

「うん」

「本当だね？」

「ああ」

新助からやっと体を離したお光は、懐から出した離縁状をびりびりと破り始めた。さっき加悦堂で聞いた、絵の破かれる音が耳に蘇る。

新助は、奥から画帖を持ってきた。

——さて、何から話せば良いか。

ずいぶん捨ててきたのだが、それでもまだ未練がましく持っていた、昔描いた絵のいくつか。贋作も、そうでないのも交じっている。

「どうするの、それ？」

「ああ。これのせいで、災難にあっちまったんだ。まあ、もとはと言えば、おれが悪いんだが」

「そう？　なんだ」

常日頃、しゃべるのはもっぱらお光、新助は相づちを打つだけに慣れているせいか、どうにも互いにぎこちない。

「なあ、お光。これ、いっしょに破ってくれるか」

「絵を破るの？　もったいなくない？」

「いいんだ。これがあると、またおまえに離縁状を書くことになるかもしれない」

「え？　そりゃあたいへん。でも、本当に全部破っていいの？」

「ああ。全部破ったら、なんでこんなことになったか、ちゃんと話すから」

「そう？　本当？」

お光の顔はどこか、不安げだ。

――なんて言うかな、話したら。

どう言われても、こうしてまたこの顔を見られたのだ。覚悟するしかない。

一枚一枚、画帖から絵を外し、破る。

びりびりびり、びりびりびり……。

えんえんと、音が続く。

「あっ。ちょっと待ってくれ」

新助はとある一枚をとっさに取りのけた。

「見ろよ。これ、おまえだ」

「あたし?」

背景は目黒川の川岸。まだ薄明るい、夏の宵の空である。

夕涼みの浴衣《ゆかた》姿が大勢行き交う人に背を向けるように、普段着の単衣《ひとえ》木綿のままの女が一人、道具箱を提げて橋の欄干に寄りかかり、ため息をついている。

女の鬢、後れ毛のあたりに蛍が二つ、ふわふわと飛んでいる。

――この絵は。

新助の胸に、加悦堂に乗り込んでいった時のことが蘇った。

「主人が、こちらでお待ちくださいと申しております」

小女にそう言われて、新助は黙ったまま、通された座敷を眺め渡した。

一人で待たされるとは思っていなかったので、意気込んできた気持ちがふっと萎えていく気配を、どうすることもできなかった。

庭に面した側には、おそらく障子がはまっているのだろうが、その前に几帳《きちょう》が置いてあった。平安美人なんかが思わせぶりに隠れるための道具だから、妙に古風な設《しつら》えだ。なんの趣向だろうかと、床に掛けられていた絵に目をやった時、新助はこれから自分が何をさせられるのか、おおよその見当がついたのだ。

幾重の若い頃の出世作、三枚続きの「蛍八つ橋」である。

東海道の池鯉鮒宿《ちりゆうしゆく》にあるという八つ橋。古《いにしえ》の『伊勢物語』の舞台のひとつでもあるこの場所を背景に、蛍を眺める三人の女を描いた作だ。几帳の置いてあった理由が、これで解けた。

三人の女は、小野小町《おののこまち》、和泉式部《いずみしきぶ》、紫式部《むらさきしきぶ》。詳しいことは忘れてしまったが、それぞれ、蛍に縁のある女の歌人だと、確か師から教わったことがある。

――お光。

知り合ったばかりの頃、この絵のうち、和泉式部の構図をそっくりそのまま真似て、お光を描いてみたことがあった。八つ橋のかかる川を目黒川に、咲き乱れる杜若を夕涼みの人々の浴衣に代えて、物思わしげに水辺を見つめる和泉式部を、ため息をついた髪結いのお光にしてみたのだ。

父に勘当され、幾重にも破門されて、行き場を失った新助は、辛うじて知り合いの表具屋に雇われ、仕事をするようになっていた。その仕事先で知り合ったのが、お光だった。

本当は人の絵の仕立てじゃなくて、自分で絵を描きたいんだ、おれは本当は絵師なんだ――そう打ち明けた新助に、「だったら表具屋なんてやめちまいな。暮らしならあたしがなんとかしてあげる」――言葉面は姉御肌なのに、そう口にしたお光の顔つきは、言葉とは裏腹にかわいかった。

新助が冗談めかして「そんなこと言われたら、本気にするぜ。おまえさん家《ち》に転がりこんだらどうする？」と問うと、お光は少し顔を紅くして「い、いいよ。あたし、どうせ今独り身だし。誰にも遠慮はいらないよ」と応えたのだ。

あれから、もう十年近くにもなるんだ——そう思っていると、廊下を足音が近づいてきた。

「いやあ、きっとおいでくださると思っていましたよ」

そう言いながら加悦堂が入ってきた。

顔を見たらすぐに、絞め殺してやろうと思っていたのに、お光のことを思い出していたら、すっかり時機を逃してしまった。

「これの肉筆を、お願いしますよ」

「蛍八つ橋」は、刷り物として作られたものだ。肉筆で描かれたものではない。

刷り物を、肉筆で真似しろということは、本来この世に存在しないはずの絵、贋作ですらない、もっと性質の悪い、紛《まが》いものを描けということである。

「だから良いんじゃないですか。幻の名品ってことで。手取さまならできるでしょう」

加悦堂は新助の胸のうちを察したらしく、そう笑った。

「そんなもの、欲しがる人があるのか」

「もちろんです。そうじゃなきゃ、ここまで設えて描いてくださいなんて言いません。

欲の山には、深い闇の谷を抱えた人たちってのが、いるもんなんですよ」

欲の山の、闇の谷。自分はとうの昔からその闇に飲み込まれていて、しょせん出られやしないのだと思うと、もうどうでも良い気がしていた。

「書画骨董なんてのは、そういうものです。ま、持ってる人は、無邪気に信じて楽しんでいれば、それでいいんですがね」

そうして、そういう無邪気な人たちをだまして、もうけるのか。

まあ良い。だます方もだまされる方も、おれの知ったことか。

「ご気分の晴れるように、ちょっとした趣向もしてあります」

加悦堂は几帳を押しやり、開けてあった障子を閉めた。新造したばかりの障子らしい。

「ガラスの窓……珍しいな」

「なかなかでしょう。そっちの庭には池があって、杜若を植えてあります。蛍、飛びますよ。きっとガラス越しに見えますから」

「蛍か……」

ふわふわ光って、すぐに死んじまう、儚《はかな》い生き物。でも、あの光は本当にあの小さな虫の体から出ているんだ。

もうおれには、光なんかない。

——ガラス越しの蛍。

ガラス越しに蛍を見ていたんじゃない。こっちがガラスの中に入っちまったんだ。

そう思っていた。

「ねえ、なんでこれなの、あたしの絵？」

焦れたようなお光の声で、我に返る。

「おまえ、夕方になると、あーあ、疲れたって帰ってくるだろう」

「うん」

「そんな時さ、だいたいおまえの髪は、けっこういっぱい、後れ毛なんぞ出ちまってるよなぁ」

お光は慌てて自分の髪に手をやった。

「そりゃあそうだけど。選りに選ってそんなのを絵にするなんて。意地が悪いねえ。なんだい、いやな人だねぇ」

「じゃあ、今度は、もっときれいに描いてやるよ。だから、これもう、破っちまおう」

新助は自分の手をその絵にかけた。

「いっしょに夕涼みに行こう。きれいに結って、びいどろの簪なんか挿してるところ、絵に描いてやる」

「うれしいねえ。そんなこと、もうずいぶんしたことなかったねえ」

——おれの惚れた女は。

腕に技があって、ぽんぽん、ずけずけ物を言って。世話焼きで、働き者で。

びりびりびり、びりびりびり……。

「おい」

「何？」

「蛍、出ているかな」

「さあ、どうだろう」

ほーたる、蛍。

今夜はきっと、すべてを話すことができるような気がする。

第三話

点取り、無双の三杯

一

「お団子ー、いかがですかぁ。とろーり蜜に、ぽってりの餡。どちらもおいしうございまーす……あ、毎度ありがとうございます」

おえいの店では、お絹の明るい声が響いていた。

もともとは大店のお嬢さんだった人に、こんな小さな店の売り子なんてつとまるだろうかと、はじめは心配だった。実際、売り声も最初の三日間くらいは蚊の鳴くような声しか出なかったし、お客さんとのやりとりもぎこちなかった。

――若い子は、慣れるの早いんだな。

かつて、父の庄助が営んでいた材木問屋が立ちゆかなくなり、母のお園とともに信州へ身を寄せていた。辛いことも多かっただろうに、そうした陰りを、お絹はあまり見せない。

「おかみさん。餡を三つ、お願いします」

「はーい」

焼き上がった団子に手早く餡を塗って出す。

「お次、蜜二つです」

「はい。あ、もうあと三本しかない。次のお客さんには、そう言ってね」

今日は売れ行きが良い。いや、今日も、というべきかもしれない。

お絹が店になじんでくるに従って、これまではあまり見たことのない、男客の常連が増えた。また、旅の客が足を止めることも多くなった。

――看板娘の力ね。

前にいたお弓《ゆみ》もよくやってくれていたが、お絹には、お弓とはまた違った力があるようだ。慣れてきてはいながらも、やはり本来の育ちの良さがにじみ出て、どことなくこんな生業には不似合いと思わせるところも、かえって人の心を摑むのだろうか。

――ありがたいけど、気をつけないと。

不心得な男がいないとも限らない。大事な娘さんに何かあっては、庄助夫婦に申し訳ないことになる。

――娘を持つって……。

もうすぐ、生まれ月の十月が近づいてくる。

三つになったお初はとにかく目が離せない。幸い、お絹にはよく懐いて、ありがたい。

「おかみさーん。最後の三本、蜜二つと餡一つでーす」

「はーい」

十月は特別な月だ。

二年前には、大地震のあった朝にお初が生まれ、そして去年は天狗師匠が亡くなった。

——もうすぐ一周忌か。

すでに天狗の名は四代目が継いでいるけれど、やはりおえいにとっては、天狗と言えばあのお方しかいない。

「お絹ちゃん、ありがと。売り切れちゃったから、今日はもう仕舞いにしましょ」

「はい。じゃ片付けます」

今のところは、あまり無理して欲張らず、仕入れる材料は少なめにしている。早く売り切れたら早仕舞いだ。

暖簾を中に入れ、道具を片付け、お初を背に、清洲亭に戻ってくると、昼席が始まっていた。

「……そろそろ秋も終わりでございます。時を惜しんで鳴く、虫たちの声……」

前座をつとめるのは、動物や獣の声を真似する芸人、猿飛佐吉《さるとびさきち》——いや、佐助《さすけ》かもしれない。おえいには見分けがつかない——とにかく、そのどっちかである。

噺家以外の芸人が前座を、というのは清洲亭ではこれまで、太神楽しか例がないが、これには少々、込み入った理由《わけ》があった。

九月下席、トリの御伽家文福にはまだ弟子がいないので、他の噺家の弟子を誰か前座に回してもらわなければならない。

ところが、清洲亭の様子に慣れている鬼若や竹箕、又たび、木霊といったあたりは、皆この席はことごとく日本橋や両国などに仕事が決まっていて、頼むことができなかった。

そこで秀八は、九尾亭礫《つぶて》——三代目天狗の最後の弟子——に急ぎ手紙を出してみた。礫は二つ目だから、本来なら前座を頼むのは申し訳ないのだが、天狗が亡くなってから一度も高座に上がっていないのを知っていたので、足慣らし腕慣らしのつもりで引き受けてくれないだろうかとあてにしたのだった。

礫からの返事はすぐ返ってきたが、そこに書かれていたのは、礫をめぐる気の毒な事情だった。

「困りましたね。礫さん、仕事はぜひしたい、ありがたいというのですが」

例によって手紙を読んでくれた弁良坊は、読みながら眉根を寄せた。

「師匠がまだ決まらないというのですよ。それでは出られませんね？」

そうなのだ。

真打にならないうちは、何かにつけ、師匠にお伺いを立てなければならない。前座はもちろんだが、二つ目でも、あまり勝手に仕事は受けられない。

師匠が亡くなったり、廃業したりという場合は、他の真打のところに「預かり」として入るのが通例なのだが、どういうわけか、もう三代目の死からそろそろ一年になろうというのに、礫はまだその身の預け先が決まらないという。

四代目の天狗――清洲亭ではついつい、本人がいない時は未だに前名の狐火で呼ぶことが多い――が預かってくれるのが一番筋としてはわかりやすいが、どうもあまり良い返事をもらえていないらしい。

「どういうことですかね？」

「分かりませんねぇ。九尾亭の師匠方、なんとなく互いに牽制《けんせい》し合っているのかもしれませんね」

「牽制？」

「おかみさんのお幸さんを別にすれば、礫さんは、三代目の晩年、一番身近にいた人ですからね。そういう人を弟子として預かるとなれば」

預かる方はなかなか気を遣うのではないか、というのが、弁良坊の見解だった。

「そう言やあ、狐火師匠は、弟子を面倒くさがるところがありやしたねぇ」

そんなこんなで、御伽家の誰かから他の前座を回してもらおうかと秀八は思っていたのだが、文福から、「猿飛を前座にどうだろうか」という申し入れがあった。

声色の猿飛佐助佐吉は双子の兄弟で、ずっと二人で高座に上がってきたのだが、昨年、兄の佐助が患ってしまった。一人ではなかなか仕事ができないのを、秀八が見かね、器械屋一郎二郎と組ませて清洲亭の高座に上がらせたりしてきた。

「佐助がだいぶ良くなったと聞いた。ついては前座で使って、二人が元のように芸の呼吸《い》が合《き》うように計らってやってほしい」——文福がそう言ってくれたのが、秀八はどうやらとてもうれしかったようだ。

自分の心配りを、トリに上がる噺家たちが気に留めて、やはり心配りで返してくれる。席亭冥利《みょうり》に尽きると言ったところだろうか。

高座も、その他の前座仕事も、佐助の体調を見ながら、どちらかが一人でつとめたり、二人揃って出たりして回すということで、結局話がついたのだった。

始まってみると、「今日出ていたのはどっち?」、「昨日は二人とも出ていたらしい」などと、客の方でもちょっとした興味を惹かれるらしく、これはこれで有り難いことである。

——ただ、礫さんが心配ね。

清洲亭を始める前には分からなかったが、師匠と弟子の間柄というのは、時に芸人としての息の根を止められてしまうほど、大きなことらしい。

十月の一周忌にはなんとかなるんじゃないかなあという秀八の見込みに、おえいも望みをかけていた。礫に出てもらえるようになると、清洲亭も何かと助かる。

「お邪魔さま」

仲入りになり、楽屋から聞き覚えのある声がした。お光である。翠の髪が結い上がったらしい。

「ありがと。助かるよ。歳を取るとねえ。自分できれいに結うの、難しくなって」

膝、トリ前に出る柑子家翠は近頃、出番前にお光を楽屋に呼ぶようになった。

「おふみちゃん。あんたも結ってもらいなさい。手間賃、あたしが出してあげるから」

「いえ、あたしは。師匠と違って、下座は人前に出るわけじゃありませんし」

「そう言わずに。人が見ていなくても、芸人は身ぎれいにした方が良いと思うよ」

翠はなおも言いつのったが、おふみは返事をせず、そそくさと下座へ入ってしまう。

――おふみさんたら。

翠には、それこそ師匠と仰ぎ奉る態度を見せるおふみだが、どうやらお光のことは苦手らしい。

「ね、おえいさん、うちの人ったらね」

――ほら始まった。

お光は、仕事を終えてもすぐには立ち去らない。余計なおしゃべりでこんなに油を売っていないで、さっさと次のお得意先に行けば、あんなにいつも急いで小走りにしていなくても仕事が回るだろうにとおえいは思うのだが、お光にしてみれば、仕事のあとのおしゃべりは、息抜きに欠かせないのだろう。

――しかも、悋気が多いからね、最近。

人の陰口よりは悋気の方がまし、と思うものの、「うちの人……」が始まると、おえいもやはり苦笑してしまう。

飲んだくれ絵師の新助が、実は元武士で、しかも柔の腕もあって、なおかつ贋作を描いていた来し方があって――そんなことをおえいが知ったのは閏の五月、ちょうど今と同じ、文福がトリをつとめている時だった。

せっかく自分のものになった大金を、新助のために使っても良いか――秀八に子細を打ち明けられ、こう相談された時、即座には首を縦に振れなかった。いくらおえいでもそこまで仏心の持ち主ではない。

とはいえ、働いて稼いだわけではないお金、拾ったお金を秀八がどう使おうと、それは女房といえども口出しして良いことではない。そう心に強く言い聞かせて、一呼吸置いて「良いよ」と言ったのだ。

その事情はじきにお光にも伝わったらしく、一時はこちらの顔を見さえすれば「ありがとね、本当、ありがとね」と繰り返し拝むので、かえって煩わしいほどだった。

三ヶ月ほどが経って、今では「ありがと」は影を潜めたものの、変わって「うちの人は」が始まった。

絵が描けて腕っ節もあって、しかもどうやら日々のおさんどんまでまめにしてくれるらしい新助を、自慢したいのは分からなくもないが、まあほどほどにしておいてもらいたい。おふみが嫌がるのも無理はなかろう。

「……じゃ、また明日来るね」

ようやく、お光の長いおしゃべりは終わったようだ。と思ったら、翠の出番も終わっている。

――あら。

唄を聞きたかったのに。もったいない。

この下席では、翠の出番は昼だけで、夜になると同じトリ前は新内《しんない》の亀松鷺太夫《かめまつさぎたゆう》と燕治《えんじ》の二人に替わる。

「じゃおかみさん、あたしはお湯屋へ行かしてもらうね」

翠がにこにことそう言って出て行くのを見送ろうとすると、背中のお初が声を上げた。

「……ぽれ。……ぽれ。よー」

「あら、まあ。この子」

翠が顔をくしゃくしゃにして笑った。

「〈かっぽれ〉、覚えてくれたのかい。筋が良いねえ」

近頃急に言葉数の増えたお初は、翠の〈かっぽれ〉を聞き覚えたようだ。「かっ」はうまく言えなくて、「……ぽれ」と繰り返す。

「良いねえ、女の子。あたしも娘がいれば良かったのに。なんであんなうどの大木みたいな息子なんだか」

「師匠、うどの大木はひどいですよ。弁慶師匠は立派な大黒柱です」

「そうかい。そう言ってもらえるとうれしいけどねぇ」

からからと笑いながら翠が出て行ってしばらくすると、昼席は仕舞いになった。

客が帰ってがらんと静かになった席で、忘れ物、落とし物を見て回りながら、座布団を一枚一枚、埃《ほこり》を払って片付ける。舞台も席も箒《ほうき》で掃いて、雑巾をかけて――お絹やお園、庄助らと手分けしても、あっという間に時が経つ。

「おはようございます」

燕治が三味線を持って現れた。何時であろうとその日最初に会う時は「おはようございます」なのが、芸人のしきたりだ。

「おかみさん、もうおりゃあすところ見ると、今日も団子早《はよ》う売り切れてまったかね。ええことだがね」

燕治のほんわかした尾張訛り。清洲亭が開業した時からの付き合いなので、おえいもかなり聞き取れるようになった。

「ありがとね。今日もよろしくね」

——あれ、なんか変。

答えを返そうとして、「ありがと」の音に、尾張訛りの妙な高低が移ってしまったのに気づく。

——まあ、この席は、ちょっとした尾張祭みたいになってるし。

鷺太夫と燕治は、〈明烏《あけがらす》〉や〈蘭蝶《らんちょう》〉といった古くから伝わる新内を語る一方で、自分たちで新しいものを作ったりもする。

以前には、〈樽屋《たるや》おせん〉——弁良坊によると、これは元禄《げんろく》頃に井原西鶴《いはらさいかく》という人が書いたお話がもとになっているのだそうだ——なんていう、上方の女の哀しいお話を作ったりしていたが、この下席では〈闇心中《くらがり》〉というお話を新しくかけている。

尾張にある闇之森《くらがりのもり》八幡という神社で心中を図ったものの、死に損なった女郎と畳職人が、尾張のお殿さまの粋な計らいで夫婦になれるという明るい話だ。以前に聞いた〈樽屋おせん〉が、出てくる人全部が不幸になってしまうような暗い話だったのと比べると、聞いたあとにほっとするのが有り難い。

——でも、なんとなく。

ほっとはするのだが、〈樽屋おせん〉の方が、引き込まれて面白かったなあ、というのは、鷺太夫と燕治には内緒にしておこう。

新内のあと、トリの文福は、閏五月にもかけていた〈猫ヶ原戸山霞〉。こちらも、尾張に所縁《ゆかり》の深い話だ。

文福は、「また同じものってのはいかがなもんでしょうね」と最初、これを再びやるのを渋っていたのだが、「また聞きたい」という客が多いことと、何より鷺太夫と燕治が「ぜひ聞かせて欲しい」ということだったので、「昼の素噺は違うのをやる」のを条件に、秀八が頼み込んだのだった。

「何か、妙なお武家さんが二人いますね」

仲入り、楽屋と廊下を行き来しながら、客の様子を見ている秀八に向かい、猿飛の双子がこう話しかけてきた。

「そうみたいだなぁ」

「真剣に見てくれるのはうれしいんですが、ああいちいち大げさに相づち打ったりため息吐《つ》かれたりすると、やりにくいですねえ」

日本橋や神田とは違い、品川の寄席は旅の一見《いちげん》さんも多い。寄席という場所にはじめて足を踏み入れるという人もいるので、おかしな態度を取る人が交じることも、ちょくちょくある。

「まあ、鷺さんも文福さんも、気にせず上手くやってくれるさ」

客の態度に左右されずに高座をつとめきる性根の強さも、芸のうちだ。

「よう」

「あら珍しい」

「や、先生が誘うもんだから」

弁良坊といっしょに入ってきたのは、新助だった。

「せっかくだから、たまには自分の描いたものが立派に役に立ってるのを見たらどうですって、連れてきたんですよ」

——へえ。

二人が座布団を持って客席へ入っていくと、ほどなくして新内が始まった。

それを遠くで聞きつつ、木戸口《きどぐち》を仕舞いかける。銭を数え改め、手文庫に入れる。

背中が重たくなってきた。お初が寝入ってしまったようだ。

トリが上がったら客には出入りを遠慮してもらうのが決まりなので、おえいは座敷にお初をそっと寝かし、お絹に見ていてもらうことにして、自分は寄席の廊下で、終演を待つことにした。

「おかみさん。例のお武家さんたち、さっき新内で泣いてましたよ」

佐助がこそっと囁いていく。そんなに泣ける話かなぁと思うが、まあ、それほど胸に染みたのならありがたいことだ。

「……〝では、この毒を件《くだん》の献上菓子に〟。〝さようじゃ。どうあってもこれ以上の押しつけ養子は阻まねばならぬゆえ〟……」

文福が演じ始めてしばらく経った時だった。

「怪《け》しからん！　たあけらしい。何をうっそんこばっか並べとる」

「まあいかん。おまえんたらあ、けっつらかしたる」

――え？　何事？

武家がどかどかと高座へ上がり込んで、脇差しに手を掛けていた。

「尾張が将軍家の若君をねつらって毒盛るだと」

「そんな不忠義なことがあるきゃあ。とろくっしゃあこと言っとっていかんがや」

どうやら、文福の噺の中身に怒っているらしい。

「こ、これは作り話ですから」

座ったまま後ずさりをしようとして、文福が高座からずり落ちそうになっていた。

「待ちねぇ」

低い声が響いた。

「痛てて」

新助が二人の腕を取ってねじり上げている。

「お二人さん。ともかく、ここから出ましょう。ご高説は外でとっくり伺います」

涼しい顔で声をかけているのは、弁良坊だ。

「なんだぁ。おみゃあ、誰だぁ」

「この噺の作者です。故障がおありなら、こちらで伺いますよ。さあ」

弁良坊と新助が二人の客を無理矢理、外へ引きずっていった。

「……えー。それでは、気を取り直して続きを。まあ要するに、ことほどかように、尾張の方では怒り心頭に発しておるわけでございます……」

客席から笑いと拍手が起きた。

何事もなかったように文福が噺を終え、おえいたちは客を送り出した。さっきの客は新助と弁良坊にうまくいなされたらしく、すでに姿を消していた。

「どうも、困りましたたね。まさかここでもこんなことが起きるとは」

「ここでも、ってのは、他でもあったってことかい？」

追い出しの太鼓の音の狭間《はざま》から、二人が話しているのが耳に入ってくる。

「ええ。夏のはじめくらいだったと思いますが、森田座《もりたざ》で、やはり客席にいた田舎武士が、芝居の筋に怒って、脇差しを抜いて花道へ躍りあがってきたとか」

「洒落のわかんない奴が増えてんだな」

「洒落以前の問題ですよ。現実と作り事との区別もつかないんですから」

「うちのやつが、どうも近頃、田舎から出てくるお武家の数が増えてる気がするって言ってたが。何かあるのかな」

「さあ、どうでしょう……」

客がみな帰って行くと、文福が客席に下り、しきりに座布団を蹴散《けち》らしまくっている。

「ちぇっ、べらぼうめ、ぽっと出の田舎者が寄席になんぞ来るんじゃねえ！」

おえいはヒヤッとした。

いつだったか、やはり文福が鷺太夫と燕治の新内を「田舎の芸」とあてこすって、険悪になったことがあったからだ。

「文福師匠。悪かったねえ。申し訳にゃあ」

「さぞ業《ご》が湧いたでしょう、こらえたってちょうだゃあ」

新内の二人は、武家が明らかに尾張訛りだったためか、自分のことのように頭を下げている。

「あ……いやぁ……。こりゃあ悪いこと言っちまったな」

座布団を蹴り上げていた足が、ぴたりと止まった。

「ごめんよ。嫌な気にさせちまって」

思いがけない文福の言葉に、おえいの口から、ほっと息が漏れた。

「江戸っ子だって、元を辿りゃあ大半は田舎者なんだよな。すまねぇ」

二

安政四年十月九日――。

秀八は根岸の西念寺《さいねんじ》に来ていた。弁良坊と大橋の隠居もいっしょである。

「なんか、やっぱりすごいですね」

「そうですね。ご人徳というものでしょう」

亡き三代目九尾亭天狗の一周忌には、大勢の人々が詰めかけていた。

一年前に亡くなった時には、「自分の葬式はしないでほしい、代わりに、四代目の襲名披露を盛大にやってほしい」と故人が言い残していたというので、ごく身内だけ――そこに自分も参列したのが、秀八としてはもったいなくも有り難くも哀しいことであったのだが――で野辺《のべ》の送りをした。今日の一周忌は、本葬も兼ねているとのことだ。

この一年の間に、四代目の披露目は江戸のあちこちで行われ、三代目の一周忌は、むしろその襲名興行の最後の一幕のような趣である。

施主側には、まず筆頭に、四代目天狗を継いだ狐火、狐火と四代目襲名を争った牛鬼、二人に次ぐ人気者の火車《かしゃ》や塗壁《ぬりかべ》家漆喰《しっくい》、清洲亭ではお馴染《なじ》みの猫又ら、九尾亭一門の噺家がずらりと並ぶ。親族である妻のお幸や息子の木霊が、むしろ遠慮がちに見えるのは、亡き三代目の意向なのだろう。

一方、弔問客としては、御伽家の一門など噺家はもちろん、講釈師、色物の芸人、芝居の役者、三代目を贔屓《ひいき》にしていた旦那衆などが大勢顔を揃えている。

「お、あれってもしかして」

「ええ、小團次《高島屋》ですね」

秀八が顔の分かるだけでも芝居の役者が何人もいたが、弁良坊と大橋が話しているのを聞く限り、他にも小團次が出ていた〈鼠小僧〉の台本を書いた河竹新七や浮世絵師の宇陀川一門のお歴々、三井《みつい》や津藤《つとう》といった大店中の大店の主人など、名前を聞くだけでも雲の上のような人々が並んでいるらしい。

客の焼香と坊主のお経がようやく済むと、三人は木霊の案内で天狗の住まいへと向かった。形見分けをするので立ち会ってほしいという、お幸からの申し出であった。

――質素なお住まいだな。

はじめて足を踏み入れた三代目の住まいは、黒板塀を巡らせた、小体《こてい》な二階建ての仕《し》舞屋《もたや》だった。一階の座敷は八畳と六畳、二間を開け放っても、九尾亭の一門の主な者と秀八たち三人が座るとほぼ一杯、秀八はついいつもの癖で「お膝送り願います」と言いそうになり、慌てて口をつぐんだ。

ここでこれから、大橋の隠居が預かっていた遺言状が開けられるという。

「……それでは、読みあげます。これは、四代目が決まる前に書かれたものなので、文中では四代目が狐火さんと書かれていますのを、ご承知おきください。それでは……。

一つ、家作はお幸に譲るものとする。一つ、一門に伝わる名跡《みょうせき》については、狐火と牛鬼とで談合の上、絶やさぬよう後世に伝えること。一つ、……」

何事にも行き届いていた生前の生き方そのままに、一門の上から下までに、着物や書画骨董、身のまわりの道具など、何かしらが伝わるように、事細かに指図がある。

「……一つ、硯《すずり》、並びに、書き抜き、点取りなどの書き物は、すべて礫にゆずるものとする。以上」

最後の一条を大橋が読みあげると、居並ぶ者が妙にざわめいた。

――なんだろう？

秀八の目には、木霊の肩がぴくりと動いたように見えた。

――そうか。

木霊の名が、一度も読み上げられなかった。

これが書かれた当時、木霊は破門、勘当の身で、海蔵寺《かいぞうじ》にいた。

とはいっても、一言も触れていないとは。

――最後まで、厳しいお方だったな。

木霊は自分でどうにかしろ、と改めて言い渡されたようなものだ。

――何かあれば、力になってやろう。

それが恩返しだ。

秀八が気持ちを新たにしていると、四代目の声がした。先代とは違い、明るく通る声である。

「大橋さま、ありがとうございました。皆の方で、何かご隠居にお尋ねしたいことのある者はいますか」

嘶家たちは互いに顔を見合わせていたが、やがて一人が声を上げた。

「あの、今の遺言のことじゃないんですが」

秀八には聞き慣れた声である。

「ああ、猫又さん。なんでしょう」

猫又がまわりの顔色を窺《うかが》うようにきょろきょろしながら、恐る恐る、言葉を続けた。

「礫さんをどなたが預かるかは、もう決まっているんでしょうか。まだ手前のところには聞こえてこないんですが」

「ああ、そうでしたね」

「もし、礫さんと他の皆さんに異存がなければ、手前のところで預かりますが」

猫又がそう言うと、さっきよりいっそう大きなざわめきが起きた。

――なんだ？

「あの……」

他にも何人かが声を上げようとしていたが、四代目がそれを遮った。

「礫は、手前が預かります。どうでしょう」

座が一瞬静まりかえった。

「そ、そういうことなら……」

「なあ」

口々に囁く声が聞こえ出す。他に何か言うべきことのある者、いますか……。なければまあ、ここは手締めということで。

「では、そういうことで」

四代目は牛鬼を促して三本締めの音頭を取らせた。

「それでは。三代目の極楽往生と、わが一門の末永い繁栄を願って、お手を拝借。よーおっ」

……人を楽しませる生業だ。湿っぽい葬儀なんぞしてくれるな。

何より、四代目の披露が先だ。

亡くなった三代目は、そう言っていたという。

賑やかな手打ちの音を耳の底に残して、秀八はその場をあとにした。

十一日から中席が始まった。トリは弁慶である。

四日目の夜、弁慶が聞き慣れない噺をしているのが秀八の耳に留まった。

「……〝牛若《うしわか》のご子孫なるか　ご新造が我をむさいと思いたまうて〟まあ、良いお手だこと……」

煙管《キセル》の掃除やすげ替えをして歩く羅宇屋《らおや》と、掃除を頼んだ若いご婦人のやりとりで噺が続いていく。秀八にははじめて聞く噺だ。

「さ、これをその羅宇屋さんへ差し上げてきて……〝弁慶と見たは僻目《ひがめ》か　すげ替えの鋸《のこぎり》もあり才槌《さいづち》もあり〟……」

裕福に暮らしていそうなご新造と、侘《わび》しい振り売りの爺《じい》が、狂歌をやったりとったり。

やがて爺の正体が知れて……。

「いやあ面白いですね。弁慶さんの噺に、ちゃんと牛若と弁慶が出てくるのが洒落てます」

「滋味のある滑稽ですね、やあ良いものを聞かせてもらった」

弁良坊と大橋が来合わせていて、盛んに誉めている。

「師匠あの、今の噺の題をお願いできますか」

秀八は高座を下りてきた弁慶に尋ねた。

「ああ。題はそのまま、〈したんろうふるき〉と」

「したんろうふるき？　どんな字を書きますか」

――いかん、こりゃ、おれじゃ分かんないな。

戸惑っていると、前座の鬼若がささっと書き付けてくれた。

「紫檀楼古木《したんろうふるき》ですか。狂歌師ですね。渋い人を持ってきましたねえ」

弁良坊がいつの間にか袖にやってきて、鬼若が書いたのを感心しながら見ている。

「この人もね、お席亭と同じ、大工の家にお生まれだったんですよ」

「え？　この人、実際に浅草にいた人なんで？」

「そうです。この人、確か、浅草に住んでたんじゃないかな。三十年くらい前の人だと思いますが」

何でも即座に三十一文字《みそひともじ》にしてしまうものすごい爺さんが、そう聞くと急に身近に思えるから不思議だ。

鬼若は素早く筆を置くと、追い出しの太鼓を叩き始めた。

――上手くなったな。

鬼若が弁慶に弟子入りを願ったのは清洲亭でのことだった。縁のある若い衆が、腕を上げていくのは頼もしい。

木戸を出て行く客たちと入れ替わりに、こそっと入ってきた者があった。

「ごめんください。お邪魔します」

「あれ、礫さんじゃない」

小さな声を聞き逃さなかったのは、おえいである。

「どうしたんだ？　こんな遅くに」

今にも泣き出しそうな顔だ。いったい何があったのか。

「ええ。お席亭に、折り入って相談が……。それに、大橋のご隠居も、今日はこちらだと伺ったので」

「分かった。ちょっと待っていてくれるか」

「はい……」

礫はそのまま、客席の片付けを手伝ってくれた。楽屋では、弁良坊と大橋がまだ話し込んでいたので、秀八は二人に声をかけた。

「先生、ご隠居、すみませんが、今礫が来まして」

「おやおや、こんな遅くに」

「なんか話したいことがあるみたいなんで、ちょっと待っていてもらえませんか」

「分かりました」

客が全員帰ったのを見届け、弁慶を見送ると、さっきまでの賑わいが嘘のように静かになった。

「で、どうしたんだ」

一階の楽屋は狭いので、客席に座布団を出し直して、改めて礫を迎えた。

——あれ、涙ぐんでないか？

「おれ、おれ……」

こらえきれなくなったのか、礫がぼろぼろと涙をこぼし始めた。風呂敷包みを一つ、大事そうに懐に差し込んでいる。

「どうしました」

「泣いてちゃ分からないじゃないか」

弁良坊と隠居が代わる代わる声をかけたが、礫はしゃくりあげるばかりで、なかなか話そうとしない。

「粗茶でございますが」

おえいが盆に湯飲みを四つ載せて来た。

「はい、これ」

軽い調子で、豆絞りの手ぬぐいを礫の膝に置き、すぐに引っ込んでいく。礫はその手ぬぐいを顔に押し当て、ようやく涙を抑えた。

——お、さすが、仏さま、おえいさまだ。

今日はもうお天道さまは引っ込んでしまったが、明日になったらまた拝もう。

そう思った秀八だったが、礫が打ち明けたのは、お天道さまも仏さまも、すぐにはどうして良いか分からないような、困った話だった。

「……では、破門だと言うのですね？」

「はい。どうしても」

「うーむ。それは困ったねえ」

弁良坊も隠居も、揃って腕組みをして首を傾げてしまった。

――そんなことで破門かよ。

する方もする方だが、される方もされる方だ。

秀八は正直、そう思ってしまった。

涙ながらに礫が語ったところによると、四代目から「入門を許す代わりに先代の点取りを渡せ」と言われたのだという。

「これは、師匠の形見だからいやだと言ったら、それなら入門は許さないからどこへでも行ってしまえと怒られて……」

礫が風呂敷包みを抱くようにした。

「四代目も、因果なことを言いますね」

隠居の眉根に、深い皺が刻まれている。弁良坊が斜め上を見上げて「うーん、しまった」と唸《うな》った。

「なるほど、考えてみれば、実は誰もが一番欲しい品だったかもしれませんね。もう少し某が気を回しておくべきでした」

先代の遺言を聞き取って清書したのは、弁良坊だったという。

「あの時に気づいていたら、遺言書に書かずに、生前に直接礫さんに渡すように進言していたのに」

そんなに貴重なものなのか。秀八はもう一つぴんと来ず、つい言ってしまった。

「そんなに、みなさん欲しいものなんで？」

「そりゃあそうでしょう。言わば、先代からネタをまるごと譲られたに等しいかもしれませんよ。もちろん、点取りや書き付けがあったって、そのとおり誰でもができるものじゃないでしょうけど」

隠居も傍でうなずいている。

「またそのとおりにやれたところで、演者が違えば、ニンも柄も違いますからね、果たして良い高座になるかっていうと、そういうもんじゃないでしょうが。まあそれでも、お弟子さんたちが欲しいという気持ちは、よく分かるところですね」

隠居が遺言状を読み上げた時、ざわめいたのはそのせいだったのか。

木霊の名が出て来なかったせいではなかったのだと、秀八は改めて自分の思い違いを正されたが、それでも礫に向かっては言いたいことがあった。

「でも、礫さん。おまえさん、点取りを持っていたって、上がれる高座がなかったら、結局どうしようもないじゃないか」

先生と隠居が同時にため息を吐いた。

師匠のない二つ目は高座に上がれない。かといって、四代目に破門された者を代わりに預かるなどという、火中の栗《くり》を拾うようなことをする真打はいないだろう。

「どうですか。ここは我慢して、四代目に献上しては。長い目でみれば、四代目を通して、礫さんには点取りの中身がちゃんと受けつがれていくでしょう。何しろ、三代目の近くにあれだけ仕えていたんだし、身に付くのだって早いはずだ」

弁良坊が諄々《じゅんじゅん》と諭すように言った。

それはほとんど秀八の思っていることそのままだった。

——そうするって、言えよ。

礫は膝の上に自分の震える拳を置いたまま、ずっと考え込んでいたが、やがて絞り出すように言った。

「いやです。おれは、おれは、何もネタのためだけに点取りが欲しいって言ってるんじゃないんです」

礫の頰に、新しい涙が流れた。

「師匠は、亡くなるまでの何年かは、もうご自分では文字を書くのもお辛い様子でした。だから、最近の書き付けは、全部おれが聞き書きしたものなんです。中には、おれの話した思いつきを、師匠が面白がってくれて、〝それ書いておいてくれ〟って言われたものもあります。昔師匠が清洲亭さんでやった〈正直《まさなお》のカエル〉なんかも、けっこうおれが。それに、師匠がまだまだこれから拵えるつもりだった噺の覚え書きなんかも。それはおれしか知らないことなんです……」

〈正直のカエル〉は、秀八にとって忘れられない噺だ。庄助の持っていた根付がオチで大きな役割を果たしていた。

……正直だけに、庄助をもとの真っ当正直な男に立ち返らせたという、正直のカエルの一席……。

三代目の渋い声が今でも昨日のことのように思い出せる。

「おれにとってこの書き付けは、師匠との、何よりの思い出の品なんです。だから……」

おまえには形見になんでもやろうと言われた時に、「点取りが欲しい」と言ったのだ
――礫の言葉に、三人はもう返す言葉が無かった。

「そんなんで良いのか。おまえは欲がないなって、師匠は笑ってくれました。おれにしたら点取りは、おれが他の兄さんたちより、ずっと長いこと、師匠といっしょにいられたってことの証しみたいなものだから」

――そういうことか。

こう言われてしまうと、もう説得の言葉はない。

「困りましたねぇ。四代目に話ができるといいですが、なかなか、難しい御仁だから」

隠居がこう言うようでは、お手上げだ。

四代目が、一見気さくそうに見えて、実はかなり気難しい、良い格好しいの気分屋だというのは、秀八もよく知っている。

「ちょっと、お席亭」

弁良坊が秀八を廊下へと連れ出した。

「礫さん、しばらくここで預かれませんか。一人にすると、無茶なことをしかねない。目を離さない方が良いでしょう」

「無茶なこと……」

「何かやらかして、万一それをお席亭のせいにされたりしたら困るでしょう。手許に置いて、面倒見た方が」

なるほど。それはそうかもしれない。

秀八はこれからしばらくの顔付けをざっと頭の中で思い浮かべた。幸い、二階の楽屋は、なんとかしばらく、一室空けておけそうである。

「分かりやした。そうします」

客席に戻ると、礫は、離すもんかとでも言うように、胸の前に風呂敷包みを抱えてうつむいている。

「礫さん。今夜はもう遅い。まずはうちへ泊まっていきなせえ。で、なんならしばらくいるといい」

「でも……。仕事もしないのに泊めていただいては」

遠慮しつつも、そう言われてちょっとほっとしたのだろう、礫の目のあたりが少しだけ緩んだのが分かった。

「まあ良いさ。下働きだけでも手伝ってくれ」

礫が梯子段を上っていき、弁良坊と隠居が「何か考えてみましょう」と話しながら帰って行って、秀八はようやく夫婦の座敷へと戻った。

「お初、もう寝たか」

「うん。よく寝てるよ」

お初に添い寝する形になっていたおえいだが、まだ眠ってはいなかった。

「話、聞いてたか」

「うん、だいたい、だけど」

「そうか……」

そろそろ冬のはじめ、夜になるとやはりひんやりする。秀八も布団に入った。

「礫さんに、高座へ上がってもらうわけにはいかないんだよね？」

「それは、無理だなあ」

トリの弁慶も、前座の鬼若も、まったく異は唱えないだろうが、今の礫を高座に上げたことが外へ伝わると、これから先、九尾亭一門の噺家たちが清洲亭に出てくれなくなる恐れがある。

「牛鬼さんにとりなしを頼んでみるかなあ。ちょうど、下席のトリお願いしてるし」

十月の二十一日からは、牛鬼が清洲亭に来てくれることになっている。

天狗の名を争った牛鬼は、負けたとはいっても、今や四代目と並ぶ九尾亭の看板だ。もともとの香盤《こうばん》――芸人の序列のことだ――ではちょっとだけ牛鬼の方が上のはずだから、もしかしたらこの人の言うことになら、四代目も少しは折れるかもしれない。

「弁慶さんのお弟子さんにしちゃうっていう手は、ないの？」

「それかぁ」

別の一門への移籍。まったくないという話ではないが。

「いきなり弁慶さんじゃあ、難しいだろうなあ。弁慶さんに迷惑がかかっちまう」

「そうなんだ」

弁慶が頼みに行っても、相手にされない可能性の方が高い。

「ああ。あるとすれば……」

これはさっきから、いくらか考えていたことでもある。

「桃太郎《ももたろう》師匠に頼んで、そっちから四代目に話を通してもらえば、できるかもしれない」

相手が四代目では、御伽家からも頭領《とうりょう》に出てもらうしかない。

点取りの話は聞かなかったこと、知らない振りをしてもらって、単に「礫が破門になったそうだが、もし良かったら、こっちへ引き取らせてくれないか」と申し出てもらう。その上で、桃太郎の弟子にするなり、弁慶に引き渡すなりしてもらうのだ。もちろんその場合は、前座からやり直しで、仮に弁慶の弟子になったら、香盤は鬼若よりも下からの再出発となる。

そう説明するとおえいは「ふうん、難しいんだね」とため息を吐いた。

「ただそうなると、せっかくの点取りは、当分ほとんど使えなくなるだろうけどなあ」

「どうして？」

「ええっとな」

こういうややこしいことを、筋道立って誰かに説明するのは難しい。弁良坊がいてくれるといいのに。

秀八はそれでも懸命に、自分の知っていることを思い出し思い出し、おえいに話して聞かせた。

噺というのは、自分で勝手に覚えてやっていいものではない。必ず、誰かに稽古を付けてもらって、「これなら高座でかけて良いよ」というお墨付きをもらってから、やるものだ。

習うのは、必ずしも自分の師匠でなくてもいい。ただし、二つ目以下の者が、他の真打に習う場合は、自分の師匠にちゃんと了解を得てからでないと許されないのがしきたりである。

「だから、もし礫が弁慶師匠か桃太郎師匠の弟子になった場合、これまでにすでに先代から教わってできる噺については良いけれど、新しく覚えるのは、御伽家の噺に限られるってわけだ。まあ、新しく自分で噺を拵えれば別だが」

古くからある噺だと、両方の一門が「共有」しているものも多いが、どちらかの一門の者しかやらないのが慣習になっている噺もけっこうある。

「桃太郎師匠や弁慶師匠が許しても、九尾亭の真打たちが教えてくれない限り、礫さんにはできない噺ばっかりになっちまうんだよなあ」

先代の形見も生かして、礫が噺家を続けられる途《みち》はないものだろうか——。

「なあ」

——あれ？

おえいが隣ですやすや、寝息を立てている。

——ちぇっ。なんだよ。せっかく。

こういうの、なんとか言うんだったよな。

「下手の考え、休むに似たり、ってか」

自分で口に出してちょっと悔しいが、ともかく、よく寝て、お天道さまが出てから、考えることにしよう。

三

「……〝ななへやへはなはさけともやまふきの〟……これこれ、ちゃんと濁りを打って読みなさい。……〝ななべやべばなばざげども〟……しょうがないやつだな。それはな、〝七重八重花は咲けども山吹の〟……」

前座に出た木霊が〈道灌《どうかん》〉をやっているのを、おえいはちらっとだけ聞き、安心して木戸口に戻った。

もともと、亡き父で最初の師匠である三代目のもとでいったん二つ目にまで上がっていたのだから、並の前座よりずっと上手くて当たり前だが、それでもやはり、これまでのことを知っている者としては、落ち着いた仕事ぶりにほっとした気持ちになる。

この下席では、器械屋一郎二郎と、猿飛佐助佐吉が、四人――じゃない、三人と一体、というのだろうか――でいっしょに高座へ上がるなんていう試みもやっていて、なかなかの賑わいだ。

膝は呂香。おふみと代わる代わる、お初の面倒もみてくれるので、おえいとしてはありがたい顔付けだ。

木霊、器械屋、猿飛、それに礫と、こたびは楽屋泊まりが男でいっぱいなので、やむなく呂香にはおふみのところに泊まってもらっている。

――呂香さんとはだいじょうぶなんだ。

同じずけずけ物を言うのでも、お光と違って呂香とは相性が良いのか、何かと控えめなおふみも楽しそうにしている。

――おふみさん、もうあんまり遠慮しなくていいよ。

おふみとおえいは、実は幼い頃にちょっとした――おえいにとっては全然ちょっとではなかったのだが――もめ事があった仲だ。

未だにその時のことを思い出すと、もちろん良い気はしないけれど、今となってはむしろ、そのことを気に病んで、おふみが自分にずっと遠慮している様子なのが、いくらか気の毒だったり、歯がゆかったりする。

何もかも水に流せるとは言わない。でも、今のおふみは清洲亭にとってなくてはならない人だし、顔を合わせて不快なことはまったくない。

――もうちょっと、頼りにしてくれていいのにな。

自分には打ち明けない心配事なんかも、翠や呂香には話しているらしい様子があって、おえいはちょっぴり寂しい気持ちになることもある。

「おかみさん、木戸、代わります。中へ入っていてください」

礫が声をかけてきた。

「ありがと。じゃあ、頼むね」

人手が多いとありがたい。

高座では呂香が下りて、いよいよトリの牛鬼の出番だ。

「……〝そんならいよいよ、おまえの身を捨て、願いを叶《かな》える心でござんすか〟。〝おおさ、訴えの中身は主家の非道、下々の我々から願い出るは〟……」

お仕置きになって死ぬのを覚悟で、領主のご支配のひどさを公方さまへ訴えようとする亭主。巻き添えで難儀がかからないようにと三行半を渡される女房。連座でのお仕置きを免れさせたいという、亭主の思いやりである。

――こんなことされて、自分だけおめおめと生きていられるだろうか。

おえいはつい、身につまされて考えてしまう。

「……〝そりゃ恨めしいこちの人……おまえは身を生け贄《いにえ》のこたびの願い。私の連れそう二世《にせ》までと、縁を交わす身の覚悟……〟」

女房はどこまでもいっしょだと覚悟を見せて、三行半を突き返してしまう。

――かっこいい。でも……。

自分だったらどうするだろう。幼い子どももいるものを。

牛鬼の噺は、笑えるところはほとんどなくて、むしろ痛々しいほどにこちらの胸に迫ってくる。

――なんだかすごいな。

この下席でかけているのは〈佐倉義民伝《さくらぎみんでん》〉という続き物だという。もともとは講釈でされていたもので、五、六年前に芝居にもなって、小團次が主役をやって人気が出たのだと弁良坊が言っていた。

――田舎のお百姓が主役って、珍しい。

全部を聞いているわけではないが、どうやら主役の惣五郎《そうごろう》は下総国《しもうさのくに》の佐倉というご城下で名主をしている人だ。お殿さまがあんまり百姓にむごいことばかりなさるので、命がけで公方さまに直訴をして――という筋立てらしい。

――牛鬼さんと狐火さんって、全然違う。

狐火はきれいでかっこいい。若旦那なんかが出て来る、廓の噺とかがよく似合う。一方の牛鬼は、なんとも泥臭い風情だが、真に迫ってくる。

――なんだか、面白いなぁ。

「……〈佐倉惣五郎〉のお噺は、ここからがさらに面白くなりますが、続きはまた明日ということで」

高座から下りてきた牛鬼は、さっきまでの熱の入った高座が嘘のように、柔和な顔で着替えて、お茶を飲んでいる。

「あの、師匠、実は折り入って頼みたいことが」

秀八がそう言って牛鬼の前に手をついたのを見て、おえいはちょっと心配になった。

――礫のこと話す気かな？　だいじょうぶかな？

「実は、礫さんのことなんですが」

「ああ、聞こえてるよ。狐火さん、なんだか無慈悲なことを言ったようだね」

「ええ……。なんとか師匠から、取りなしていただくわけには」

こんなこと、秀八みたいな席亭が口を出してだいじょうぶなんだろうか？

以前に確か、秀八が自分で「弟子師匠のことは難しい、うっかり肩入れなんかすると、下手すりゃあ後で両方から恨まれることもある」って、用心深いことを言っていたみたいだったが。

「いいよ。機会があれば」

案に相違して、牛鬼はいともあっさりと承知してくれた。

「そうですかい。そりゃああありがてぇ。今、礫本人も呼んで参ります」

「ああ、いいよいいよ。それには及ばない。ま、上手に使ってやってください」

牛鬼は軽く手を振って、秀八が礫を呼ぼうとするのを制し、やってきた駕籠にさっさと乗り込んでしまった。

見送りに出て来た木霊が、深々とお辞儀をした。

「じゃ、また明日な」

えっ、ほっ、えっ、ほっ……と牛鬼の乗った駕籠は遠ざかっていったが、木霊はその姿が見えなくなるまで、しっかり頭を下げたままの姿勢である。

——本当に木霊、変わったね。

おえいが思わずにやにやしていると、頭を上げた木霊が秀八の方に向き直った。

「お席亭」

首を傾げ傾げ、言おうか言うまいか、迷っているような顔つきである。

「うちの師匠、ああ言ってましたけど。あんまりあてになさらない方が、良いと思います」

「ん？」

「礫の話です。弟子の手前《てまえ》がこういう言い方をするのはいけないんで、ここだけにしといてくださいよ。ただ、あてになさると気の毒だなあと。だから、礫にも、うちの師匠に頼んだなんて言わない方が」

奥歯に物が挟まったというのは、まさにこういうのだろう。

「なんだよ、はっきり言ってくれ」

「じゃあ言いますけど。うちの師匠、取りなしてくれる気なんて、ないと思います」

それを聞いておえいはなんとなく、腑に落ちた気がした。

「うちの師匠ずっと、〝礫がどうしても先代の点取りを持っていたいなら、噺家の途は諦めた方が良い。狐火さんはそういう人だ〟って、言ってましたから」

──そういう人って、どんな人なんだろう、本当は。

牛鬼が四代目をどう見ているのか。噺家同士、名を争った同士の心持ちって、どんなもんなんだろうか。

「えっ……そうなのか」

秀八が目をぱちぱちさせている。

「じゃあそう言ってくれれば」

「そういうお人なんですよ、うちの師匠は。〝大事なことほど、人に尋ねるな、頼むな、あてにするな。自分でどうにかしろ〟って」

うわあ厳しい、とおえいは思わず叫びそうになった。同じ言葉でも弟子が師匠のことを言う「そういうお人」の方は、だいぶ怖そうだ。

急に風が冷たくなった。

中へ戻ると、礫が客席の片付けをしてくれていた。座布団の積み方は、他のどの前座よりきっちりしている。

「なあ、礫。おれみたいに一度破門された者が言えた話じゃないが」

「なんですか、兄さん」

木霊が礫に話しかけた。

──そうか、この二人はもともとは〝兄弟〟だものね。

「でも、破門されたから言えることもある、そう思って聞いてくれ」

礫の目が探るような上目遣いになった。

「どんなことより、上がれる高座があるってことが一番だと、おれは思う」

だからなんだよ、って言いたそうな顔してる、とおえいは思った。礫の顔から目が離せない。秀八が隣でごくりと何か飲み込んだような音がした。

「だから、言いにくいんだがな、親父の点取り、四代目に差し上げたらどうだ。どうしても手許にほしいって言うんだったら、自分で今のうちに写したらいい。なんだったら、弁良坊の先生に頼んで加勢してもらったっていいんだし」

「ああ、それは良い考えなんじゃないか?」

秀八が相づちを打った時、おえいには礫の横にあった燭台の上で、ろうそくの火が揺らいだのを感じた。

「兄さん。兄さんにはね、おれの気持ちなんて、絶対分かりっこないんだ」

そう言った目が燃えるように見えるのは、炎が映っているからだろうか。

「兄さんはね。形見なんか無くったって、己の身が形見そのものじゃないか。破門されようと、勘当されようと、体ん中に師匠がいつもいてくれるようなもんだ。だから師匠方だって、木霊兄さんのことは、いつだって心の中でどっか気にしてる。なんとかしてやらなきゃって、誰もが思ってる」

礫の震える声が、人気《ひとけ》の無くなった寄席にぴりぴりと響いていく。

「だけど、おれは違うんだ。師匠の言いつけを守って、お宅の留守を預かってりゃあ、何か良からぬことを企んでいるんじゃないか、おかみさんに取り入って木霊の後釜に座る気かって勘ぐられる。破門されたって誰も助けちゃくれない。師匠の形見の品を取られても、おまえはまあしょうがないって、こうして方々から意見されちまう……。兄さんみたいに、生まれてからずっと、師匠のそばで生きてるのが当たり前でやってきた人に、おれの胸の内なんか、分かるもんか！」

燭台の火がふわっとまた揺らいだ。隣から、秀八が鼻をすすり上げているのが聞こえてくる。

「どうせおれなんか……」

「うるさいねえ！　甘ちゃん同士が、何がたがた言ってんの！」

いつのまに入ってきたのか、呂香が客席に仁王立ちしている。

「そんなに大事なお形見だったら、なんで天狗さんが生きてる間に、こっそりもらっておかなかったのさ。みんなの見ている前でそんな大事なものをもらうなんて、世渡りが下手すぎるんだよ。馬鹿だねぇ」

「そ、そんなこと言ったたって」

「誰かが自分を妬むかもしれないとか、自分がこれだけ欲しいものなら、他の人だって欲しいかもしれないとか、それぐらいのこと、察する智恵はなかったのかい？　噺家ってのは、人の性《さが》のアラ探して裏暴いて面白おかしく筋に仕立てるのが仕事だろうに。おまえさん、もうそれだけで下地がないってことじゃないか。諦めたらどうなんだい」

うわっ、厳しい。おえいはぎょっとしながらも、今度は呂香の顔から目が離せなくなった。

——でも、こういう時の呂香さんて、きれいだなあ。

頬が染まって、目が鋭く光る。美人というほどではないが、とてもきれいだ。

「じょ、女義に何が分かるってんだ」

「えーえ分かりませんよ。そんな、人の気持ちの機微に疎《うと》い噺家の考えることなんて」

今度は、薄く紅を引いた唇がきゅっと結ばれて、口角が上がった。

「おかみさんに話して、前もってもらうことだってできたんじゃないの？　ずいぶん尽くしたんでしょう、留守宅の番までしたんだから」

「だ、だから、そ、そんな裏で人を出し抜くような真似は」

「できない？　そう？　こんな大事なものをもらえるくらい自分はかわいがってもらっ

ていたって、他の師匠方にひけらかしたい気持ちとか、あったんじゃないの？　そういうの、身を滅ぼすよ」

　呂香の頭で、いつも一本だけ挿さっている銀の簪がゆらゆら、ろうそくの炎をはねかえしている。怖いような赤いゆらめきだ。

「姐さん、ちょっといくら何でもそれは言い過ぎじゃ」

　たまりかねたのか、木霊が呂香をたしなめにかかったが、呂香の勢いは止まらなかった。

「噺家って、そんなに甘ちゃんでいいの？　いいねえ。だいたい、弟子師匠なんて言うけど、芸人が本当に、人に芸をちゃんと教えると思うかい？」

　しんとしてしまった。

「あたしのお師匠さんなんかね。最初はそりゃあよく教えてくれたよ。でもね、ある日突然、なあんにも言ってくれなくなっちゃった。どう語ろうが何しようが〝はい、けっこうでした〟って。ただそれだけ。何だろうと思ってたら、仲の良かった姉弟子が教えてくれたの。お師匠さんはね、この子は見込みがあると思うと、そこからもう教えてくれなくなる。〝自分より上手くなられちゃ困る。仕事が無くなる。誰が商売敵をわざわざ育てるか〟って思ってるんだって」

　隙間風なんて入る造作じゃないはずなのに、首元が妙にひんやりしてきた。

「芸は盗め、なんて言うでしょう。あれは本当なんだよ。きれい事じゃないんだから」

呂香の調子がふっと下がった。何かを思い出しているみたいだった。

「おまえさんなんか、天狗さんみたいなお人柄も芸も上等の師匠のところで二つ目になれただけでも幸せだってのに。この世界、人の足をひっぱろうってやつでいっぱいなんだ。その程度の世渡りもできないなら芸人なんか諦めた方が良いよ、続かない」

ドスの利いた、ダメ押しみたいな「続かない」は、礫だけでなく、その場にいた他の者みんなの腹に応えるように、低く深く、刺さる音に聞こえた。

「自分の身は自分で守るしかないんだよ。……だいたい、あたしはあんたのせいで、この席は楽屋に泊めてもらえなくて、おふみさんの厄介になってるんだからね。甘えんじゃないよ。ふん！　お休み」

呂香はそう言い捨てて出て行ってしまった。

誰も何も言わない。その場を動くこともできないでいると、袖から小さな矢が一本、しゅっと風切《かざき》り音をさせて舞台に落ちた。人形の一郎から放たれた矢だ。

「なんか、気圧されてここ、出にくくなっちまって」

張り詰めた糸が、小さな矢でぷつんと切れたようで、居合わせた皆の口々からほうっと息が漏れた。器械屋二郎は、ずっと袖で聞いていたらしい。

「ま、もう今日は寝ましょうよ。良い智恵とか捜し物ってのは、一度諦めたら出るって

「言うじゃありませんか」

二郎の言うのももっともだ。

「じゃ、まあ皆、休もう。また明日、な」

二郎のおかげで、その場はなんとなく収まったものの、翌朝になると、木霊が「お席亭」と決まり悪そうに、紙切れを一枚持ってきた。

〝お世話になりました〟

「なんだこりゃあ。書き置きか」

「すいやせん。手前が起きたら、もう礫のやつ、いなくなっていて」

そういえば、いつだったか、木霊もこんな書き置きを残して、いなくなったことがあったな——おえいはちょっとだけ懐かしく思い出した。

でもあれは、惚れたお女郎に会いたいという、今思えばご陽気な発端の話だった。もちろんオチの方は、手痛く振られた上に破門、勘当という厳しい顚末《てんまつ》にはなったのだったが。

さて、こたびの礫はどうするだろう。

礫の方が、どう見ても生真面目《きまじめ》だ。惚れた女郎なんていないだろう、というより、きっとまだ、女郎屋に行ったことすらないのではないか。

「真面目な分、心配だなぁ」

秀八が浮かぬ顔である。

「ちょっとおれ、ひとっ走り先生のところへ行ってくる。もしかしたら、あの先生に何か相談しているかもしれないし」

木霊の言ったことを考え直して、弁良坊のところに写しを作る相談にでも行っていてくれれば。ぜひそうあってほしいとおえいも望みをかけたが、残念ながら、やはり、弁良坊も何も知らなかったようで、秀八はすぐに帰ってきた。

「今度は先生の方がいたく気に病んじまって。なんか、気の毒になっちまった」

「先生が？」

「うん。やっぱり、自分が遺言状を聞き書きした時に、もうちょっと気をつけるべきだったって。申し訳ないことをしたって、繰り返してて」

「そう……」

しかし、いくら弁良坊が戯作者でも、芸人のそこまでのややこしい心持ちは、想像がつかなかったのだろう。

――どうしたら良いんだろう。

せっかく縁のあった、若い芸人たち。本人の本意でないところで、潰れていくのは見たくない。

――ねえ、おかみさん。

ため息はどんどん吐けばいい。ただし、明るいところで。

そう教えてくれたのは、伊勢屋《いせや》のおかみさんだった。秀八とおえいとの縁を結んでくれた、おえいには母親同然の人だ。亡くなってもう、ずいぶん経つ。

昇ってきた冬のお天道さまに向かってため息を吐いていると、お初が勢いよく泣き出した。

――おっと。

お天道さまはお見通し。

この子が大きくなっても、きっとそれだけは変わらないはず。

「はーい、お初、良い子だね」

四

――どうしようってんだ、おれは。

朝から歩き通しで、礫はくたくたになっていた。

品川から根岸。まっすぐ歩けば三里（約十二キロ）ほどの道のりだが、途中、なんとなく寄席のある場所を避けて歩きたくて、ぐるぐる回り道をしているうちに、冬の日は傾きかけている。

礫の住まいは、三代目の自宅の近くの裏長屋だ。師匠が亡くなってから借りたものだが、ここ半年ほど、懐が侘しくて店賃《たなちん》が払えぬままになっている。

大家はそんなにケチな人ではなさそうだし、何より生前の師匠の知り合いだから、すぐに出て行けとは言われないだろうが、それだけに、今顔を合わせるのはどうにもばつが悪い。今の身の上についてあれこれ聞かれたら、答えようがなくて堪《たま》らない。

――もうちょっと、暗くなってからこっそり帰ろうか。

足はつい、師匠の家の方に向いてしまう。

見覚えのある板塀から、見覚えのある松の枝がこっちを向いている。

師匠は亡くなる前、おかみさんのお幸といっしょに品川に逗留していた。その間、留守を任されていた礫は、いったん自分の長屋は引き払っていたが、師匠が亡くなってから、また長屋に住むことになった。

「ずっとここに住んでも構わないよ」――お幸はそう言ってくれたのだったが、礫はあえて出ることにした。そうでないとまた誰から何を言われるか分からない、そう思ったからだ。

――それに、木霊兄さんが。

牛鬼の弟子になった木霊は、しばらくそっちで内弟子暮らしだから帰って来られない。

お幸はきっとそう考えて、礫にそのまま住むよう言ってくれたのだろう。

確かにそれはそうなのだが、木霊が海藏寺の坊主見習いではなく、牛鬼の弟子になったところで、礫はやはり、自分は師匠の家を出るべきだと思ったのだ。

なぜ——と聞かれても答えられない。あえて言うなら、「もう自分の居場所ではないから」だろうか。

もちろん、人の噂で言われたように、木霊に成り代わって養子になろうなどと考えていたつもりは、毛頭ない。

ただ、それでも、心のどこかに「木霊兄さんがいないから自分が師匠とおかみさんのことをちゃんと見なきゃ」と思っていたところはあった。

でも、師匠は逝ってしまい、代わりに木霊が、噺家の世界に戻ってきた。まだあの家には住まないと言っても、そう遠くなく、木霊があの家の主になるのは、誰が見ても当然だろう。

——入れやしない。

お幸はきっと温かく迎えてくれるだろうが、それが容易に思い描けるだけに、いっそう侘しい。

——うちへ帰ってみようか。

ふとそう思いついたが、その思案には、即座に蓋がされた。

礫の生家は日本橋の富沢町《とみざわちょう》で小さな古手屋を商っている。

噺家になりたいと言い出した時、日ごろ物静かな父は火を噴くように怒り、いつも朗らかな母は石のように黙って涙を流し続けた。師匠から「親御さんのご了解がないと弟子にしないよ」と言われて、頭を土間にこすりつけて許しを請うた自分のことを、両親に取りなしてくれたのは、姉だった。

私が婿《むこ》を取って、ちゃんとこの店のあとは取るから、この子には好きなようにさせてやって――その言葉どおり、姉は近所の仕立屋の次男を婿にした。今では両親揃って隠居して、義兄が店を切り回している。

――今更、どの面提げて、帰れるもんか。

結局、あの店賃の滞っている裏長屋へ戻るしかないのだ――そう諦めて、向きを変えた時だった。

「礫じゃないか」

お幸だった。

どこかから帰ってきたところらしい。もとは深川の芸者だったという人らしく、地味な銀鼠《ぎんねず》の角通《かくどお》しの縮緬《ちりめん》に黒繻子《くろしゅす》の帯を締め、黒羽二重の羽織を着た姿は、すっきりと美しい。白髪《しらが》の方が多い銀色の髪も、かえって着物とひきたて合っている。

――三味線？

大事そうに抱えた長い袋は、どう見ても三味線だった。

「三味線の稽古に来てほしいって言ってくれるところがあってね。芸は身を助くとはよく言ったものさ。この歳になっても己の腕でいくらかおあしがいただけるのは、ありがたいことだよ」

礫の視線に気づいたのだろう。そう言って微笑《ほほえ》んだお幸の穏やかな顔は、以前と変わらぬままだった。

——おかみさん……。

泣いちゃだめだ、泣いちゃ。

そう思っているのに、お幸の顔を見た途端、涙は礫の言うことをまるで聞かなくなっている。

——だから、来ちゃいけなかったのに。

「礫。突っ立ってないで、中へお入り」

「はい……」

お幸の背中を見て、その羽織が亡くなった師匠のものである事に気づき、さらに涙があふれた。

——これ、いつもおれが畳んでた。

真打は、羽織を着て高座へ上がり、噺の途中、何らかの時機を見計らってそれを脱ぐ。

マクラから噺に入る時が一番多いが、演目によっては、登場人物の仕草なんかに合わせることもある。

羽織紐をさっと解き、肩から滑らせるように素早くするりと脱ぐ時の師匠は、本当に格好良かった。

高座から下がってくる時、脱いだ羽織を真打が自ら持ち帰ることはまずない。それは前座の役目だからだ。

三代目の弟子では礫が一番下だ。礫が入ってしばらくして、師匠は「もう新しく弟子は取らない」と決めた。だから、二つ目に上がっても、天狗が高座に上がる時は、礫が前座をつとめることが多かった。あの羽織を高座から下げてきて畳むのは、自分の役目——ずっとそう思ってきた。

「おかみさん、それ……」

「気づいたかい。私にはちょっと、裄《ゆき》も丈も長いんだけど」

勝手知ったる家の中。礫が当たり前のようにお茶を淹れようとすると、お幸に「私がするよ。おまえは座っておいで」と言われてしまった。

やがて鉄瓶に湯が沸く音がして、礫の前に湯飲みが運ばれてきた。ここにいた頃、ずっと礫が使っていた湯飲みがそのまま、目の前に出される。

手に伝わる温もりで、涙がようやく止まった。

「礫。子細は聞いたよ」

やはり、四代目に受け入れてもらえなかった件は、お幸の耳にも届いていたようだ。

「ごめんよ、私がもっと気が回っていれば。おまえのことを、ちゃんと遺言に入れておいてもらえば良かったのに」

「おかみさん……」

「うちの人は、わざわざ言わなくても、四代目になった人が当然、おまえのことをちゃんと預かってくれるものと、信じて疑わなかったんだよ。だからまさか、こんなことになるなんて」

慰められるのはかえって辛い。

「私から四代目さんに頼んでみようかと思ったけれど、かえってこじれても申し訳ないし。こういう時は、絶対女が口を出すもんじゃない、女が口を出すと一門がもめる、割れる元になるって、ずーっと言われてきたものだから」

師匠らしい言い方だ。

「それに、みんなの前で、うちの人の書き付けをおまえにやるだなんて、言っちゃいけなかったんだよねえ。あの時、みんながおまえの方をじろじろ見ていて、仕舞った、間違ったと思ったんだけど。どうもそういうとこ、うちの人は無頓着で」

「おかみさん、もう、そのことは」

湯呑みを手に、お幸も礫も黙ったままだ。障子から、少し赤味を帯びた日が斜めに深く差し込んでくる。

手の中で、少しずつ湯飲みが冷たくなってきた。

「ねえ礫。私、おまえのことはずっと、息子のように思っているよ。何かあったらいつでもここへ来ていい。三太郎《さんたろう》に遠慮なんかしなくていいんだからね」

三太郎。木霊の本名だ。

御伽家の一門の大名跡が「桃太郎、金太郎、浦島」なので、九尾亭がそれより栄えるようにと、三人分の名前を一つにして息子に名付けたのだと、聞いたことがある。

──やっぱり、羨ましいな。

礫の本名は大吉《だいきち》だ。親の願いはよく分かるが、本人の身の上とあまりに違いすぎて、なんだか皮肉めいて、今では全然自分の名のような気がしない。

「私が生きているうちは、ここを実家だと思ってくれていいんだよ。ね。だから、どうだろう」

お幸は、その先を言おうか言うまいか、迷っている様子だ。

「どうだろう、礫」

礫。どこから飛んできたか分からない、石ころの妖怪変化の名。下界で悪さをする人に向かって、天狗が投げつけるものだとも伝わるらしい。三代目が天狗を襲名する前に、名乗っていた名前でもある。

今はこの名が、自分に一番しっくりくる。

「ね。私は、おまえと三太郎が真打になるのを見届けてから死にたいんだよ。そうでないと、あの世へ行って、あの人にしてあげられる土産話がないだろう？　だから、ね。悔しいだろうけど」

四代目に頭を下げて、点取りをお譲りして、弟子にしてもらっておくれ——そうそのままは言わないのが、お幸の精一杯のところなのだろう。

「おかみさんにそこまで言っていただいて、手前は果報者です。ようやく心が決まりました。これから、四代目のところへ、お詫《わ》びに行って参ります」

他に、何ができるだろう。

「そうかい。すまないね。こんなことしか言えなくて、頼りないおかみだけど、ずっと、必ず、見ているからね」

「はい……」

帰り際、お幸は玄関先まで見送ってくれた。

橙色《だいだいいろ》の西日が、痛いほどに目を差してくる。

肩にするりと、かかった物があった。

「おかみさん」

お幸がするりと黒羽二重を脱いで、礫に着せかけてくれていた。

「着てお帰り。これはこのままおまえにあげる」

「でも、だってこれは」

「いいの。いったん私がもらったものをおまえにあげるんだから、誰にも何にも言わせないよ。いつか必ず、高座で着ておくれ。……それを着て、堂々と真打になるんだよ」

――おかみさん。

西日を避けてうつむくと、地面に伸びた自分の長い影にぽろり、また落ちたものがあった。

羽織を肩から下ろし、袖畳みにして大事に抱え、長屋の路地を入ろうとすると、出て来た人から「礫さん」と声をかけられた。

「大家さん」

店賃の催促だ。どうしよう。

「しばらく姿を見……」

「あ、あの、すいやせん、店賃はもうちょっと、待ってもらえませんか、か、必ず」

「何を言っているんだい？　店賃ならもらっているよ」

「え？」

「お幸さんが〝礫から預かったから〟って。〝忙しくてなかなか大家さんのところに顔を出せないようで申し訳ない〟っておっしゃってたが。忙しいのは何よりだ。しっかりおやんなさい」

大家はそのまま、遠ざかっていった。

――おかみさん。

おれ、必ず、真打になります。明日、起きたらすぐ、四代目のところへ行ってきます。

裏長屋で、黒羽二重の羽織を丁寧に畳み直し、行李《こうり》に入れて、礫は覚悟をようやく決めた。

五

明日から十一月という夕刻、上席のトリを頼んでいる弁慶が清洲亭を訪れてきた。

「ええと、師匠、今の〝ほれ見てみろ〟の台詞が終わったところで、〈うすどろ〉でいいですか」

「あ、そうだな。ただ、ここ、このとおりの台詞になるとは限らないんだ」

おふみと鬼若が、弁慶の点取りを見ながら鳴り物や仕掛けの手順を確かめ、自分の手控えを書いている。〈うすどろ〉は、幽霊や妖怪変化の出る時に鳴らす太鼓だ。

「おれの点取りでは、台詞は〝だいたいこんな〟でしかないんで、その時によって変わっちまうから。むしろここで〝扇子をぱっと広げる〟って書いてあるだろう。この扇子を広げるのをきっかけにしてくれ」

礫の件もあって、秀八はいつもより興味深く、弁慶の打ち合わせを見守っていた。

「師匠、ちょっとのぞいてもいいですかい？」

「ん？　ああ、いいよ」

……男　武家　四十三才　髭《ひげ》が濃い　上手《かみて》から入ル　奥へ座ル

女　妾《めかけ》　二十八才　色はやや浅黒い　目は切れ長　首が長い　下手《しもて》　横座り

女　正室　三十七才　色白　二重まぶた　顔はぽっちゃり　上手　正座……

読めない字もあるが、どうやらこれは、出てくる人物の特徴だ。それから、何か芝居の舞台風の絵が書かれていて、そこには○や□、それを線でつないだ図面のようなものも見える。

「師匠。人の歳とか、色白だとか、そんなの、この噺の中でしゃべってましたっけ？」

「いや。そうじゃないんだ。芝居の台本じゃないからな、噺の点取りってのは。まあ、人によっていろいろ書き方が違うんだが。おれの場合は、台詞より、人の特徴とか、次にどうなるとか、あと、誰がどっちから入ってきてどっちへ出て行くとかいかないとか、そんなことをできるだけ丁寧に絵でも書いておくんだ」

てっきり、噺の台詞がその通りに書いてあるものと思っていたが、どうもそうではないらしい。

「そうしておいて、これを頭に入れておけば、台詞を忘れちまっても、なんとかなる。台詞だけ別に、全部書いたものも作ってあるけど、それは噺を覚えちまったら、もうできるだけ見ないようにしてる」

「へえ、そういうもんですか」

「おれはな。台詞を丁寧に書いたものを見ると、かえって不安になるんだ、忘れちまったらどうしようって。だからこういう書き方をする」

傍らでおふみと鬼若が面白そうに聞いている。

「でも人によっては、台詞を一言一句、全部書いて、しかもそこに朱と墨で点とか傍線とか波線とか、いろいろ引っ張って、言葉の調子やら、上下の切り方やら、扇子と手ぬぐいの扱いやら、決まり事を書き入れておくっていうような書き方をして、頭に入れる人もある。ここで息を継ぐ、なんてのまで決めて書いておくとか。文福とかはそうしているんじゃないかな」

そうなのか。今度来てくれる時には見せてもらおう。

「だから、同じ点取りを見ても、同じようにできるわけはないんだ。他人が見たら何が書いてあるか分からないってのも、ずいぶんあると思うよ。現に今だって、鬼若の点取りと、おふみさんの点取りじゃあ、同じ噺だけど書き方が全然違う。自分の役割に合わせて書くからな」

「なるほど……」

それからしばらく、弁慶は「ここでおれが膝を扇子で叩いたら〈千鳥〉。太鼓二つ三つで三味線が入ってくる方がいい」とか、「ここで手ぬぐいをしまったら太鼓を止めてくれ」などと打ち合わせをしていたが、やがて一段落したのか、どっかりと座ると、鬼若に向かって「煙草盆持って来てくれ」と言った。

「それで、礫はそのままなのかい？」

点取りで思い出したのだろう、弁慶はこう尋ねてきた。

「何の便りもありませんし。四代目さんのところに顔を出したという話も、今のところ聞いておりやせん」

「確か四代目は今月から芝だって聞いてるから、そっちへ顔を出すかもしれんな」

「そうだといいんですが」

「まあ、もうあとは本人次第だ。御伽家に移ってきたいというなら、桃太郎兄さんに伝えてやらないこともないが、できればあんまりそういうことは、ない方がいいなあ」

それは確かに、弁慶の言う通りである。

木霊を本当は四代目のところへと話したはずだったのに、結局牛鬼の弟子になったいきさつについては、弁慶もよく分からないという。牛鬼も四代目も、どうも心底《しんてい》の見えにくいお人だと、弁慶は困惑しているようだった。

「噺家が形見分けでもめるなんぞ、野暮の骨頂なんだが……。とはいえ、確かに先代天狗の点取りなら、見てみたい、手許に置きたいってのは、芸人の心根としちゃあ、そうだよなあ。かといって、礫にしてみりゃ、形見の品として手放し難いのもよく分かる」

差し出された煙草盆を前に、弁慶が煙管を取り出した。

「あれ、新しい煙管ですかい。四分一《しぶいち》の延《のべ》煙管とは、なかなか」

四分一というのは、銅三分、銀一分の割合で作る合金で、渋く黒い艶《つや》が持ち味だ。堅くて丈夫なので、刀の鍔《つば》なんかにも使われる材である。

「これかい。なんか、それこそ親父の形見らしい。ずっと仕舞ってあったらしいんだが、近頃になって、お袋が出してきて」

弁慶の父親は役者だったが早死にしたこと、翠が妾だったことは聞いているが、その役者が誰なのかまでは、秀八は聞いたことがない。

「すいやせん、お席亭、おいでになりやすかい」

木戸口で大きな声がする。

「おお、今開ける」

出てみると、島崎楼の若い衆である。

「うちの旦那が、ぜひ来てくれって。それから、お席亭あてに、これを預かっておりやす」

若い衆が持ってきたのは、手紙だった。漢字の多い手紙だとイヤだな、でも今なら弁慶がいるから良いか、と思いながら開けると、柔らかい女手の仮名である。

……これから私のすることを、手出しをしないで、見届けてください　呂香

「呂香さん？　なんだこりゃ？」

秀八が目をぱちぱちさせていると、弁慶が身を乗り出して手紙をのぞき込んできた。

「どういうことだ」

「さあ……。ともかく、行ってきますよ」

「お、おれも行こう」

急ぎ、おえいに理由を話すと、○に左の字の入った印半纏を出してくれた。

「客じゃないって、誰が見ても分かるように」ということらしい。

「じゃあ、行ってくる」

道々、弁慶が首を傾げながら言った。

「呂香さん、弁慶、島崎楼にいるってことなのか？」

「さあ……そういうことじゃないんですか」

「あれほど、廓の座敷へ出るのはイヤだって言っていたのになあ」

「そうなんですか？」

「ああ。お女郎衆と同席するのはできるだけ断るようにしていると。女の芸人さんは、みんなそのあたり、苦労しているんじゃないかなあ。おふみさんも、以前はたいへんだった、清洲亭の下座はありがたいって。仕事そのものの難しさはあるけど、妙な気遣いはしなくて済むって言ってた」

春を売る女郎、芸を売る芸者、芸人。

生業に貴賤《きせん》はない。売るものが違うだけだが、客がそのあたりをちゃんと心得ている者ばかりかというと、残念ながら決してそうではないだろう。

橋の近くまで来ると、「お宿いかがですかぁ、お宿。良い子もおりますよ」と客引きがうるさいくらい出ているが、幸い、秀八と弁慶を引こうという者はない。

――なるほど、印半纏のご威光だ。

橋を渡り、人混みをかき分けて島崎楼まで来ると、顔なじみの若い衆が「棟梁、こっちです」と、二階の小座敷へと二人を連れて行ってくれた。

「よう。あれ、弁慶師匠もいっしょかい」

佐平次が一人で座って待っていた。

「ええ、ちょうど居合わせておりやして。手前がいっしょでは、具合の悪いことでも？」

「いや、いいんだが……」

デン、デン……と聞き覚えのある太棹《ふとざお》の音がする。隣の座敷からだ。

「ど、どういうことですか」

「客がな。どうしてもここで呂香の義太夫を聞きたいって言うんで、遣いを出した。来やしないだろうと思っていたんだが」

佐平次によると、これまでも何度か呂香に頼んだが、そのたびに「川分《かわぶん》でなら良いが、島崎楼はいやだ」と断られていたという。

川分は旅籠ではなく料理屋で、もちろん女郎はいない。佐平次が日本橋浮世小路《うきよしようじ》の百川《ももかわ》に心酔し、真似て始めた店である。

「おまけにな。これまでは、この客の座敷に出るのは、川分であってもイヤだと言っていたのに。どうもあいつ、様子が変なんだ」

それがさっきの手紙か。それにしても、「手出しをしないで見届けてくれ」とは。

「で、その客ってのは誰なんですかい」

隣から、呂香の語る声が聞こえてくる。

「それが……。弁慶さん。聞いても、隣へ暴れ込んじゃいけねぇよ」

佐平次が変な念の押し方をした。

「四代目さ」

「四代目って、天狗の四代目ですかい」

「そうさ。まさか小團次《高島屋》でもあるめぇ」

当代の人気役者、市川小團次は四代目だが、そんな混ぜっ返しに付き合っている暇は無かった。

「どういうことですか」

「四代目は、しばらく前から呂香にご執心なのさ。ほら、おまえさんのところで、四代目がトリの時に、呂香が膝だったことがあっただろう」

「ええ、そういう顔付けの時は確かにありましたが」

「あの時、最初は呂香に嫌みを言っていたらしいんだな。〝女義が膝だなんて、さすが品川でげすね。乙に流れて品下ってる〟とかなんとか」

それは相当嫌みな言い方だ。

女義太夫は、二十年近く前のご改革の折、お上から目の敵《かたき》にされたせいで、今でも、諸芸の内では見下されがちである。

清洲亭では呂香を重宝に思っているが、日本橋や神田といったあたりの寄席では今でも、「女義は出さない」と言って閉め出しているところも多い。

秀八もそれは分かっているので、呂香に出てもらうつもりの時は、トリの噺家に「膝は竹呂香という女義ですが、構いませんか」と一言聞くようにしている。これまで「それではだめだ」と言ってきた噺家はいないので、安心していたのだったが……。

「ところが、数日経ったらころっと態度が変わってきたらしいんだ。とは言っても、女義にしちゃあずいぶん筋が良くてお品が良い、けっこうでげす、なんて変な褒め方をされたもんだから呂香の奴、余計にむかっ腹を立てていたらしい」

そんなことがあったとは。ちっとも知らなかった。

――呂香さん、なんで言ってくれなかったんだ。

「四代目と一悶着《ひともんちゃく》あるなんてお席亭に知れると、使ってもらえなくなると困るって言われててな。これまで黙ってたんだが」

それがなぜ、今日、こうなっているんだ。

「それがどういうわけか、この間、〝もし次に四代目がここに上がることがあったら、呂香が会いたがっていると言ってくれ〟って言ってきやがって。で、こうなってる。おれもなんだかよく分からない。しかも、〝お席亭を隣座敷に呼んでおいてくれ〟なんて」

三味線と語りがぴたっと止まった。

三人は思わず、襖に耳をくっつけるようにして、隣の気配を窺った。

「良い語りでござんすね。ほら、一献《いっこん》おやんなさいよ」

「天狗師匠からそうお言葉をちょうだいできるなんて、女義も誉れというものですわ」

「お言葉だけじゃあなんでげしょ。さ、酒《ささ》をぐっと、ぐっと。ちょうだいなさいよ」

「それじゃあ、お言葉に甘えて」

「ほう、良い飲みっぷりじゃありぃせんか。女っぷりも上がりますな。けっこうけっこう。ささ、もう一杯」

「あら、ま、そんなにはいけないわ」

「そんなことはありぃせんでしょう。さ」

秀八の隣で、弁慶がこめかみに青筋を立ててひくひくさせている。

――ずいぶん、いつもと違う呂香さんだなあ。

語りの中で、女郎がしっぽり口説く場なんぞをやっている時を別にすれば、呂香は日ごろ、こんなふうにしゃべることはまずない。素はいたって男っぽい人である。佐平次も首を何度も傾げている。

「あら、まだ飲ませようと？　悪いお人だこと」

「いいじゃありぃせんか」

「そう？　じゃ、飲んだら、何か良いことがあるかしら」

「おやおや、何かおねだりですか。かわいい人だ。でも、なまじっかなお酒じゃ、許しませんよ」

「そうお？　じゃあ、師匠とどっちが飲めるか、比べます？」

弁慶がぎょっとした顔で囁いた。

「まずいな、お席亭。四代目は、噺家の中でも蟒蛇《うわばみ》って言われる人なのに」

「うわばみ?」

「ああ。毎日一升酒っていう噂を聞いてる。止めよう」

今にも襖を開けてしまいそうな弁慶を、佐平次が止めた。

「だめだよ、師匠。ここは廓だ。四代目はうちの大事な客だからね。面倒を起こしてもらっちゃ困る」

そう言うと、佐平次はそばに控えていた若い衆に何か耳打ちした。

「そうですよ。呂香さん本人から〝手出しをせずに〟って言われてるのに。それに、四代目と何かあったら、師匠だってこれから困るでしょう」

いつもならすぐ飛び出していきたい秀八だが、こうなってはさすがにこらえどころである。

呂香が跳ね返った声を上げた。

「じゃ、こんなちっちゃなお猪口面倒だわ。ね、誰か大っきなお盃《さかずき》、持ってきてちょうだい」

ぱんぱんと手の鳴らされる音が響く。

「それから、せっかくだから賑やかにやりましょう。誰かあ。細棹《ほそざお》で〈佃《つくだ》〉でも〈千鳥〉でも弾いて」

遠くから「あいあーい」という声。芸者の誰かだろうか。

「ほほ、こりゃあ面白い。じゃあ、負けた方は、必ず何か、相手の望みを一つ叶える。良うござんすね？」

「もちろんよ、師匠。はい、指切りげんまん」

——ちぇっ、何だかいちゃいちゃしやがって。

秀八までむかっ腹が立ってきたが、弁慶の取り乱しようは、気の毒になるほどだ。と思っていたら、ふいに弁慶の後ろに若い衆が大勢、立った。

——？

秀八が不思議に思う間もなく、若い衆が総出で弁慶に猿ぐつわをし、腕と足を縛り上げてしまった。

「悪く思わないでくれよ、師匠。こんな面白い趣向、邪魔されたくないんでね」

佐平次がそう言ってにやっと笑った。隣からシャラリ、シャラリ、シャン、軽い細棹の音がし始めた。

「ねー、佐平次さん、どっかにいるんでしょー。江島《えのしま》でも宮島《みやじま》でも持ってきて、この勝負、見届けてちょうだいな」

「江島に宮島？」

「大盃《たいはい》の名前さ。江島は五合、宮島は一升（約一・八リットル）だ。宮島なんて、一応あるにはあるが、使った覚えがないな……。ま、おまえさんはここにいてくれ」

——いてくれって。

隣でうんうん唸っている弁慶をよそに、秀八はほんのちょっとだけ、細ーく襖を開けてみた。

——呂香さん。

秀八のところからは、呂香が座布団に横座りしているのが見える。いつも青や銀鼠の着物を着ることが多い呂香が、薄紅色の着物を着ているのが珍しい。

一方、こっちに近く、背中だけ見えているのが四代目だろう。

——良い着物着てやがる。

縮緬だろうか。柔らかい、赤味のある茶は、芝翫茶《しかんちゃ》と呼ばれる色だ。どちらかというと女物のような優着物《やさきもの》で、無地だが細かな七宝《しっぽう》つなぎの地紋があるのが、洒落ている。女客のひいきの多い四代目のことだから、きっと誰か客に誂えてもらったのだろう。

二人の目の前に大きな盃が置かれ、酒が注がれていく。

「さ、ご両人、どうぞ」

一升どころか、百分の一の一勺《しゃく》だって飲めるかどうかあやしい秀八からすると、襖の隙間から漂ってくる酒の臭いだけでもう、とんでもなかった。

呂香が一瞬、きりっと目を上げて四代目を睨《にら》んだかと思ったら、にっこり笑って小首を傾げた。四代目は鼻からふふんと息を漏らしたようだ。

ぐいっ、ぐいっ、ぐいっ……。

呂香の小さな顔がすっぽりと盃に隠れて、秀八から見えるのは白い喉の動く様ばかりである。

――なんてこった。

水だってあんな勢いで飲めるもんじゃない。

いつの間にか見物が集まっているらしく、廊下がざわざわとして、「よっ、ご両人」などと声がかかっている。縛られている弁慶を人目に晒すわけにはいかないので、廊下側はぴったりと閉め、ひたすら襖の間からのぞき見を続けた。

「おーっ」

歓声が上がり、盃を下ろした呂香の顔が見える。

――一升、飲んじまったのか。

「さー、もう一杯」

叫んだのは呂香の方だが、四代目も「おう、なかなかやりますな」などと受けている。

二杯目が注がれた。

ごくっ、ごくっ、ごくっ……。

さっきよりはゆっくり、それでもためらう様子はなく、呂香は酒を流し込んでいく。

――お？

呂香は空になった盃をどんと膝の前に置いた。

「どう、四代目。まだ飲む？」

「お、おお」

こっちから見えている背中が少し、ぐらつき始めている。

「飲む。持ってこい」

さすがに佐平次がちょっとためらっているのが見える。

「だいじょうぶか二人とも」

「いいから」

「持ってこい！」

三杯目が置かれ、呂香が盃を持ち上げ、ゆっくり飲み始めて、少し経った時だった。

どーん！

「うわっ」

頭から火が出るような痛みと重みをいきなりくらって、秀八は何がなんだか分からなくなった。

気づくと、仰向けに倒され、上には襖が載っている。どうやら四代目が後ろへ思いっきりひっくり返ったらしい。

「おい。四代目を起こして……いや、そこからどかして、寝かせてやれ。あれじゃ襖の下で棟梁がぺちゃんこだ」

四代目が寝かされ、口から吹き出した泡を拭われているのを尻目に、呂香は目を据えて、盃をまだ持ち上げていた。

「なぁんら、お席れい、そんなろこにいらのね。あら、弁慶さんろうしたの、そんな格好れ」

ちょっと呂律《ろれつ》が回らなくなっているものの、こっちの様子は分かっているようだ。

「さ、これ飲んららあらしの勝ち！」

ぐっ……。ぐっ……。ぐっ……。

呂香が盃をどん、と置いた。

「おお」

「すごいな」

見物がみな拍手している。

「佐平次！　呂香の勝ちって、言え！」

呂香がドスの利いた、でも酔っ払った声で、叫んだ。

「あ、ああ。……この勝負、竹呂香の勝ち。……で、呂香、おまえ、何が望みなんだ?」

そうだった。二人の飲みっぷりに忘れていたが、勝った方が負けた方に、何か望みを言う約束だった。

「こら! 四らい目! いいか、よく聞け。こら、佐平次、今から言うこと、ちゃんと書き付けろ」

「ああ、分かった分かった」

佐平次が慌てて巻紙と矢立を持ってきた。

「四らい目の爪印《つめいん》も取れ。いいな。それから、おまえも爪印を押せ」

「分かった、分かったよ。だから、言えよ、望みを」

「よし、言います、言いますよ」

呂香が息を吸うのが分かった。

「礫をちゃんとれしにしろ! 点ろりを差しらせなんて言うな! いじめら承知しない」

それだけ言うと、呂香はばったりその場に俯《うつぶ》せになってしまった。

「呂香さん! おい、お席亭、おれの縄、解いてくれ。早く」

弁慶が叫んだ。猿ぐつわは自分で無理矢理解いたのか、首にぶら下がっている。

縄を解いてやると、弁慶は呂香のもとに駆け寄っていった。

「呂香さん。しっかりするんだ」

「らいじょうぶ。ね、つれれかえっれね」

弁慶がいっしょで助かった。自分一人では、とてもこんな酔っ払い、連れて帰れるものではない。

横では、四代目があやしい高いびきをかいている。佐平次が勝手に爪印を取っているが、あの分では何をされても分からないだろう。

「ほら、これ、持って行けよ」

「あ、ああ」

〝四代目天狗は、礫を、点取りを取り上げることなく、不当にいじめることなく、弟子にする〟とあって、天狗と佐平次の名と爪印が入っている。

佐平次の字は、弁良坊ほどではないが、なかなか達者である。

──大事な書き付けだな、これ。

秀八はきちんと畳み、懐へ丁寧にしまった。

「そうだ、これも持っていってくれ」

押しつけられたのは、長袋に入った、呂香の三味線だった。

「大事なもんだ。いっしょに連れて帰ってやってくれ」

弁慶に背負われた呂香は、すやすやと寝息を立てている。

秀八は右手に三味線、左手に提灯を持って、弁慶の前をゆっくりと歩いた。

「まったく、無茶なことを」

「本当ですよ。それにしても、この間あんなに礫のことを糞味噌に言ったのに」

「らしいな。こっちにまで噂、聞こえてきたよ。面白い人だ」

弁慶がなんだかにやにやしているようだ。

――どこか翠師匠に似てるよなあ。

知らず知らず、母親に似た女に惚れるなんぞ……。まあ、よくあることらしい。

しばらく歩いて橋の所まで来ると、呂香が目を覚ました。

「あの、ちょっと下りていい？」

「ああ、どうかしたかい？」

「ちょっと、気持ち悪くて」

よろよろと河原へ下りていこうとする呂香を、弁慶が支えてやり、背中をさすってやっている。

目指す方向から、提灯の灯りが近づいてきた。

「あれ、先生じゃありませんか」

清洲亭の屋号の入った提灯を持った弁良坊だった。

「おや。ということは、何もかも終わったあとですか」

「と、おっしゃいますと」

「いや、さっき清洲亭さんに寄ったら、おかみさんからお席亭と弁慶師匠が島崎楼に行ったと聞きまして。心配だから見てきてくれないかとおっしゃるので来たのですが……。何事もなかったようですね」

何事もないどころか、大騒動だったのだが、まあ終わりよければすべて吉だ。

「あれ、そういえば弁慶さんは？」

「あそこですよ」

秀八は提灯で二人がいる方を指し示した。

「おやおや、何がありましたか」

「実はですね」

さっきまでのいきさつを語って聞かせると、弁良坊は「それは惜しいことを。ぜひ拝見したかったたな」とつぶやいた。

「蜀山人《しょくさんじん》という人の書いた『後水鳥記《ごすいちょうき》』という書物に、千住《せんじゅ》の酒合戦という話が出ていましてね」

「千住の酒合戦？」

「ええ。千住の中屋という酒屋の主人が、自分の還暦の祝いに、江戸中の大酒飲みを招いて、酒飲みの合戦をしたというのですよ。今から四十年くらい前の話だそうです」

「へえ」

「一番大きい盃は丹頂鶴《たんちょうづる》盃といって、三升入るというのです」

「三升……。そんなの」

しかし、ついさっき、呂香は皆の見ている前で三升飲んでみせたのだ。

「呂香さんの盃は確か宮島って言ってましたよ。一升入りって」

「ほう。今度その盃、見せてもらうかな。しかし、呂香さん、無双の酒飲みなんですね
え。ちっともそんなふうにお見受けしませんでしたが。そういえばその千住の合戦でも、
ご婦人も参加していたと書いてありましたよ」

弁良坊がしきりに感心していると、呂香と弁慶が河原から上がってきた。

「さ、もういっぺん乗りな」

「うん……。いいの?」

「いいよ。歩いちゃ帰れめえ。……あんまり無茶しなさんなよ」

「うん……。ありがと」

なんだか馬鹿馬鹿しくなってきた。

清洲亭まで戻ると、弁慶の背中の呂香を見て、おえいが「何事?」と目を丸くした。

「順にお話ししますがね。おかみさん、とりあえず、水を一杯、汲んでやってもらえま

せんか」

湯飲みを受け取った呂香は、一気に飲み干すと、そのままその場に眠り込んでしまった。

「どうしよう?」

「二階、運びますよ」

弁慶は軽々と呂香を二階まで運ぶと、「今夜は自分もここへ泊めてくれ」という。

「今から宿まで行くのも億劫だし。何、下の楽屋か客席でいいから。布団はあるんだろう?」

「うちは構いませんが、すいやせんね」

下の楽屋ではとても大男の弁慶は寝られないだろうと、客席に布団を出してやると、ことんとそのまま横になり、寝入ってしまった。

さすがの大男も、くたびれたらしい。

「ね、何があったの?」

「うん、今話す」

「品川の酒合戦ですよ」

弁良坊が笑った。

——これで、礫が収まるところへ収まるといいがなあ。

終わりよければすべて吉。

ぜひそう願いたいものだ。

六

——酒合戦ねえ。

良いとこあるじゃん、呂香さん。

とはいえ、一升入る盃で三杯も飲んだとあっては、だいじょうぶだろうか。

おえいは起き上がって台所に立っていった。

昨夜秀八から聞いた事の顚末は面白かったが、さすがに呂香の体が心配である。

「おはようございます」

「あら、弁慶さん、早い」

大男が身を縮めて土間へ下りてきた。

「あの、おかみさん、お願いが」

「なんですか？」

「お手間で申し訳ねぇんですが、お初ちゃん用の粥《かゆ》、ちょっと余計に作ってもらうわけには」

——ああ、なるほど。

気が利くねえ、弁慶さん。

「いいわよ。梅干し入れといてあげる」

「かたじけねぇ」

二日酔いには梅干しが一番だ。

鬼若にも手伝ってもらいながら、白飯と粥、御汁《おつけ》を作る。起きてきた者から順に、めいめいでよそって食べるのが、清洲亭の朝だ。

他の者が皆済ませてしまい、おえいと秀八がそろそろ出かけようと支度する頃になって、ようやく呂香が梯子段を下りてきた。

「ごめんなさい、おかみさん」

「あら、謝ることないのに。だいじょうぶ?」

「おかげさまで。ちゃんと梯子段も下りられたし」

「お粥に梅干しでいい?」

「わあ、ありがたい、おかたじけ」

一さじずつ、「わぁ染みる」とか言いながら粥を食べている呂香に、秀八が「呂香さん」と声をかけた。

「席亭なのに、四代目さんと呂香さんのこと、気づかなくて悪かった」

弁慶がちょっと離れたところで、聞き耳を立てている。

「あら、別にいいよ、そんなの。向こうももう懲りたんじゃない？」

「いやあ、それなら良いけど。なんなら、四代目が出る時には呂香さんを顔付けしないようにしようか」

秀八が言うと、今までまだ寝ぼけたようだった呂香の目が、きりっと覚めたようになった。

「馬鹿お言いでないよ。なんであたしがそんな遠慮しなきゃいけない？　気にせずに顔付けしておくれ。出番を減らされるなんて、冗談じゃない」

そうだそうだ。減らすなら四代目の出番の方だろう。

芸が良い人が人柄も良いとは限らない。席亭のおかみになって、さんざん思い知ってきたことではあるけれど、できれば、人柄の良い方の芸人さんとの縁を大事にしたい。甘いと言われるかもしれないが、おえいはそう思っていた。

「そうですか。そう言ってくださるなら。でも、なんで礫のために、あんなことまで」

それは確かに、おえいも聞きたい。

「別に礫のためにしてやったわけじゃないよ」

「え？　それはいったい」

「いっぺん、ああいうさ、四代目とかなんとか言われて、まわり中からちやほやされてる男を、凹ましてみたかっただけさ。何事も、人に勝つって気持ちいいねえ」

呂香は梅干しの種を口に入れて「すっ」と言いながら口をすぼめた。まるで小娘のようだ。

「だからね。礫にはこのこと、言わないでおくれよ」

懐から懐紙を出し、口元を隠して梅干しの種を出す。こういう仕草がいちいちきれいなのは、やっぱり芸の賜《たまもの》なんだろうか。

「礼なんか、言われたくない。妙に恩に着られるのもいやだから。あたしめんどくさいこと嫌い」

「でも、あれだけ派手にやったら耳に入っちまうんじゃないですか？」

秀八がにやにやしている。

昨夜弁良坊がずいぶん「惜しいことをした」と繰り返していたが、おえいもぜひ居合わせたかったと思う。

「お席亭たちが黙っていてくれればだいじょうぶでしょ。あの良《え》ぇ格好しいの四代目が、自分から弟子にこんなことを話すとは思えないし」

確かに、女義に酒合戦で負けておまえを弟子にした、なんて、決して言わないだろう。

食べ終わった呂香が、立ち上がって茶碗を洗い始めた。

「じゃあ、おれたちは、行くか」

「そうだね」

秀八は普請場へ、自分は団子屋へ。

――お天道さまは、お見通し。

「ん？　何か言ったか？」

「ううん。なんでもない」

お初が背中で「あん、ご、あん、ご」と言った。

「ほら、餡の団子、って」

今日もきっと、よく売れるに違いない。

七

「はい、できたよ」

磔は久々に床屋で、月代と髭をきちんと剃《そ》ってもらった。

――よし、行くぞ。

さっぱりとして、いよいよである。

この間、お幸に会った日の翌日、早速四代目の住まいを訪ねたのだが、おかみさんと思《おぼ》しき人から、「うちの人は、この上席は芝の浜本に出ていて泊まりだから、しばらく帰ってこない」と告げられたのだ。

「芝……。そちらへ伺っても良いでしょうか」

「ううん、どうかしら。うちの人、きっとそういうの嫌がると思うわ」

「そうですか……」

「上席終わったらおいでなさいな。そう言っておいてあげましょう。あ、でもね」

お幸とはまるっきり違う風情の、まだ娘かと見まごうような、若い新造であった。

「来る時は、ちゃんときれいにして来なきゃだめよ。うちの人、そういうことにうるさいから」

そのご忠告に従って、今日はなけなしの銭を握って、湯屋へ行き、床屋へ行った。

もしこれで弟子にしてもらえないと、もう明日からは、日傭取《ひようとり》でも何でも、何か他の仕事をしないと、満足に食べることさえできなくなる。

――いつか、返さなきゃ。

お幸に立て替えてもらった店賃は、すぐには無理でも、いつか必ず返そう。

四代目の帰りを待つ間、礫は毎日、三代目の点取りを自分で写した。

礫がもらった形見には、点取りや書き付けの他に硯があった。師匠がずっと使っていたもので、礫がずっと墨をすってきたものでもある。

もらった時、ありがたいことにいっしょに墨も筆も入っていた。

――これはきっと、写して良いってことだ。

四代目に会えるまでに間があり、形見にこうした道具が揃っている。礫はこれを、そう考えることにした。

未練かもしれない。

でも、いよいよ四代目に会うまでの十日を過ごすのに、これより良い過ごし方があるだろうか。

毎日毎日、丁寧に写していくと、いろんなことが思い出された。

「おまえ、ここでの扇子はそう持っちゃだめだ。こっちを持って、こう使うんだ」

「おいおい、今、隠居はどっちから入ってきた？　噺をする時は、どの人がどこから入ってきて、どこにいるって、頭に描いておかないと。自分が分からないのに、お客さまに伝わるはずがないだろう？」

「ほら、目をどこまで上げるかで、人と人との隔たりぐあいが分かるじゃないか。自分は往来を歩いていて、こう上げたら相手が二階にいるように見えるだろう」

「湯飲み、こう手を添えて持てば、女に見える。無理に声色を作らなくていいんだ」

「背中の曲げ方で、人の年齢が出るだろう？　ご隠居ならこう。先生ならこれくらい。小僧の定吉《さだきち》ならこう、とかね」

「芝居を見たり、本を読んだり、しないとだめだよ。自分の芸に、手間も暇も、たくさんかけてやるんだ。惜しんじゃだめだ。若い時にかけた分しか、あとで返っちゃこないからね」

——師匠。

教えてもらった時のことも、噺を作る手伝いをした時のことも、全部この身の中にある。

書き写したら、もう、点取りを四代目に差し上げることが、以前ほど辛くは思えなくなってきた。

「ごめんください」

声をかけると、女の声がした。

「ああ。礫さんだったわね。さ、どうぞ。良かった、今日はうちの人いるから」

玄関横の座敷に通された。座布団を当てるように言われたが、もちろん、使わずに畳に座って、しばらく待つ。

軽い足音と、衣擦《きぬず》れの音がして、四代目が入ってきた。

「ああ、よく来たね」

「お邪魔しております」

手をついて、頭を深く下げる。

「あの、天狗師匠。先日は、申し訳ありませんでした。手前、心得違いをしておりました。今日は了見を入れ替えて、改めて参じました。先代の点取りも、何もかも全部持って来ました。どうかお納めを。それから、どうかぜひ、手前を弟子に」

何度も何度も、噺以上に稽古をしてきた台詞を一気に言うと、体中がかあっと熱くなってきた。

——お返事は。どうか、どうか……。

冬だというのに、額から汗が噴き出してくる。

「分かりました。良《よう》ござんしょ。弟子にしましょう」

あまりのあっけなさに、ほっとしすぎて、礫は目の前がくらくらしてきた。

「ああ、でもね」

——でも?

「その書き付けはいらないから、持ってお帰り」

——え?

「あの」

「いいから。自分でお持ち。それ、さっさと仕舞っておくれ」

四代目はどうやら、点取りの話はしたくなさそうだ。訳が分からないが、礫はとにかく慌てて懐へ仕舞った。

「で、明日からだけど」

ありがたい。ようやく、「明日から」が始まる。

「二つ目のまま預かってあげるけれど、しばらくは内弟子修業をね」

「はい」

「うちの内弟子修業はきついよ。覚悟しておくように」

四代目はそういうと、「しかし」と苦笑した。

「おまえ、良い味方がたくさんいるようだね」

「は？」

「ま、それも芸人の才のうちだ。しっかりおやんなさい。じゃ、今から帰って、荷物まとめておいで。今日のうちに越してくると良い」

四代目はそれだけ言うと、座敷から立っていってしまった。

――良い味方？

お幸のことだろうか。

何か口添えをしてくれたのかもしれないが、きっと今尋ねても、答えてはもらえないだろう。

――必ず、真打に。

裏長屋へと帰る道すがら、礫の足取りは軽かった。

どこからか、小さな石が飛んできて、頬に当たった。

さほど、痛くはない。
……これからだ。調子に乗るんじゃないよ。
亡き師匠の声が、聞こえた気がした。

解説

神田松鯉

三十年以前のこと、都心で芸術・文化に携わる人達が招かれる華やかな集いが開催された。宴たけなわ、招待客を代表して言語学者金田一春彦先生が謝辞をのべた。「昔から政治が乱れた時には芸術・文化が発展いたします。現在はお蔭《かげ》さまで我々の世界はいちじるしく発展をしております」と、江戸時代の元禄文化・化政文化の例をひいての挨拶だった。一瞬会場がシーンとしたが、続いて万雷の拍手がおこり暫《しばら》くの間鳴りやまず、その中で一部の人達の笑顔が消えた。あの時の碩学《せきがく》の毅然《きぜん》たる挨拶はいまでも忘れない。

たしかに江戸時代第一期目の文化の爛熟《らんじゆく》期は元禄時代で、学問・文学・芸能は急速に発展し経済も沸騰したが、時の五代将軍綱吉は歴史上まれにみる極悪法「生類憐《あわれ》みの令」を発し、犬公方《いぬくぼう》の汚名を残した。また、文化文政時代の十一代将軍家斉《いえなり》は在位五十年の間五十数人の子供をつくり、本書でも「北海の鱈《たら》のごとし」と嘲笑される好色将軍だったが、同時に化政文化が華をひらいた。上方の影響の強い元禄文化にくらべ化政文化は江戸前の文化と言われ、その特徴としては閉塞した社会の不満を皮肉や風刺で表現する退廃的・享楽的傾向の強い文化だった。

江戸の町ににわかに寄席がふえたのは此《こ》の時代である。文化に七五軒、文政に一二五軒の寄席（噺《はなし》の席と講釈場）が出来、幕末の安政に至っては三九二軒に急増する。これは驚くべき数字だ。当時江戸の人口は約一三〇万の時代の三九二軒だ。現在東京の人口約一三〇〇万に比例させると、なんと東京に三九二〇軒の寄席があることになる。当時の人達がいかに寄席を愛していたかが分る。すでに寄席は庶民の生活の一部だったのかもしれない。

そんな時代を背景にして此の小説は書かれている。作者の奥山景布子先生は実に多才な人だ。「いろは歌」から取ったペンネームでもわかるが、本来は国文学の研究者で文学博士。他に能楽・歌舞伎・邦楽はもとより落語・講談と伝統芸に対する造詣はひと通りではない。それらの薀蓄《うんちく》は本シリーズの随所にちりばめられている。われわれの講談界ではそれを「引きごと」「入れごと」などと呼ぶが、それらの豆知識は物語りの面白さに加えて、さらに味を引き立たせる調味料の役割をはたし読後のお得感にもつながっている。作者の落語に対する思い入れは強く、地元中京地域でたびたび落語会を自ら主催するほどだから、すでに半分はこちらの世界の人になっているのかもしれない。だからこその「寄席品川清洲亭《きよすてい》」である。従って第一巻から現在に至るまで登場する落語のタイトルだけでも三十数席。また物語りの中に落語の一部分を連想させる場面も数多く、落語ファンにはたまらない御馳走《ごちそう》となっている。今回の第四巻には講談の有名な場面を思わせる箇所もいくつか見える。品川に寄席清洲亭を開場して三年目の師走から第一話の幕があく。清洲亭を女房のおえいにまかせて、秀八は本来の大工仕事に出掛ける。仕事場で秀八は朝つゆに濡《ぬ》れた縞《しま》の財布を拾う。中味はずしりと重い四十両。この財布のために思いがけぬ悲劇が彼の身にふりかかる事になるが……どんでん返しがある。

現在、東京の寄席では正月元旦から十日までを初席《はっせき》、十一日から二十日までを二《に》の席《せき》と呼んで、ここまでが寄席の正月である。

清洲亭の初席。女義《じょぎ》の呂香《ろこう》が楽屋入りをして「あけおめ」と挨拶をする。彼女の語る義太夫はしっとり、たっぷり、情の深い芸で客を魅了するが、日常の物言いは驚くほどさばさばしている。そこで明けましてお目出度うを略して「あけおめ」。これには笑ったが、この呂香の性格が本編ではのち重要な役割をはたす。現代の若者は省略語を楽しんでいるがあけおめもその一つだ。今年の正月、弟弟子の神田愛山が楽屋で「兄《あに》さん、あけおめ」と照れ笑いしながら言ったので、「ことよろ」と返した。今年もよろしくの略だ。六十七才の弟弟子と七十八才の兄弟子とのやり取りを前座が笑いながら見ていた。

清洲亭にお手伝いとして雇ってくれと年配の女性が売込みに来た。身なりは粗末だが気がきいて仕事が出来る。名前はお加代。雇い入れてからのち、彼女の越し方を聞いておえいに一抹の不安がはしる。この辺りはミステリー仕立てとなっていて興味をそそる。

間もなく、清洲亭の客席で盗難事件が頻発する。いつも心配ごとの絶えない秀八とおえいの夫婦だが、お加代の仕業ではないかと疑ったりもする。大活躍をするのはお囃子《はやし》のおふみの飼い猫で、いまや清洲亭を我が家のように出入りする白猫の五郎太。講談調の活劇となる場面だ。寄席の猫といえば、いまの浅草演芸ホールには有名なジロリという猫がいる。芸人やお客のマスコット的存在で、新聞記事になったりする人気猫だ。昔は名古屋の大須演芸場にも猫がいた。前座のころ高座で熱演中、急にお客がドッと笑ったので嫌な予感がして振り向いてみると演芸場の猫がゆうゆうと高座を横切っていくのが見えた。いまは立派になったが当時の大須演芸場はそんな寄席だった。

第二話。秀八は北品川の加悦堂という唐物屋からの注文で、ガラス窓を作ることになる。ガラス窓一枚で十両を出すという。池波正太郎先生に言わせれば、長屋住いの人達が十両で一年間暮らせたという大金だ。加悦堂の金満家振りに驚く秀八。この十両はのちに人助けの為《ため》に使うことになるが、てかてかと妙につやのある顔をした加悦堂の主人はどこか胡散臭《うさんくさ》さを感じさせる男であった。

そして清洲亭の夏。めまぐるしく変る季節。夏場は総じて客足がおちる。そんな時、同じ品川の青竜軒《せいりゅうけん》という講釈場は夏のかき入れ時となる。講釈の場合「冬は義士、夏はお化けで飯を食い」といって、夏の風物詩の怪談で大勢の客が入るのだ。実をいうと、この「冬は義士……」の句は、小生の師匠で故二代目神田山陽が昭和四十年代に寄席の楽屋で詠んだ戯句《ざれく》である。そのころの師匠は夏場の怪談で多忙をきわめた。東京の各寄席で主任《とり》をつとめ、名古屋の大須演芸場、大阪の角座《かどざ》、各地での演芸会、催事、テレビ、ラジオと全国を駆け回った。そのすべてに前座の小生は幽太《ゆうた》（幽霊役）をつとめたが、ひと夏で最高一二〇回の幽太をつとめた覚えがある。行く先々で色紙にサインをたのまれるが、決まって此《こ》の戯句を認《したた》めていた。こうして小説の中に残されて師匠もさぞ泉下で喜んでいると思う。

一方、怪談の青竜軒に対抗するために清洲亭では「道具鳴り物入り」の落語を上演することになった。高座の背景の書き割りを描くのは髪結いのお光の亭主で飲んだくれの絵師新助だ。これまた訳ありの浪人で柔術の達人であり絵画は一流の絵師のごとく。やがて書き割りが出来上るがその直後、お光が泣きながら清洲亭へ駆け込んで来た。留守中に新助が三行半《みくだりはん》と置き手紙を残して姿を消したのだ。文字は読めないお光だが、三《み》行半《くだりはん》は半紙に離縁の理由を三行半で書く決まりがあるので書式で分る。居合せた戯作《げさく》者《しゃ》の弁良坊黙丸《べんらぼうだまる》が置き手紙を読んで「新助さんは決してお光さんのことを嫌いになった訳じゃない」と告げる。この時の音曲の柑子家翠《こうじやみどり》の台詞《せりふ》が聞かせる。「男の隠し事は、許すか許さないかは、最後まで成り行きを見てからにおし」。酸いも甘いも嚙《か》み分けた古い女芸人ならではの至言だ。たしかに昔の楽屋にはこういう大先輩がいたのは間違いない。

第三話。三代目九尾亭天狗の弟子で二つ目の礫《つぶて》は師匠亡きあと、約一年になろうというのに新しい師匠が決まらず困っていた。現在でも真打制度のある落語や講談の世界では、師匠が亡くなった場合前座・二つ目の弟子は新しい師匠を求めなければならない。普通はすでに真打になっている兄弟子が引き取って弟子としてくれるが、真打の兄弟子がいない場合は亡師の兄弟弟子が引き取るが、場合によっては他の一門に引き取られる事もある。

三代目天狗の一周忌法要が営まれた日、三代目の遺言状が披露される。「泣きながら良い方をとる形見分け」。さまざまな指図の後、最後に「書き抜き・点取りはすべて礫にゆずるものとする」とあった。書き抜き・点取りとはきちんとした台本ではなく、噺の要点や必要箇所を写し取ったものだ。この遺言から礫は思わぬ窮地に陥ることになる。路頭に迷った礫は清洲亭に相談に来る。泣きべそをかく礫に、心では同情しながらも厳しい言葉で励ます女義の呂香。「うるさいねえ！　甘ちゃん同士が、何がたが言ってんの！」「自分の身は自分で守るしかないんだよ」。惚《ほ》れ惚れするような江戸前の啖呵《たんか》だ。この時の呂香は「頬が染まって、目が鋭く光る。美人というほどではないが、とてもきれいだ」とある。この場面を最初に読んだ時は、呂香の滑舌の良さまで聞こえてくるような美事《みごと》な啖呵にしびれた。再読では同じ台詞が苦労人の吐き出す人生訓に聞こえ、三度目は呂香に作者の姿が二重写しになって見えた。のちの呂香の江戸っ子らしい立引が心憎い。更に三代目天狗のおかみさん（芸人は師匠夫人をおかみさんと呼ぶ）の厚い情に胸のつまる思いがする。辛《つら》さには泣かないがこういう人間の温かさには涙が出るのだ。それぞれが己の蔭の部分をひきずりながらも肩を寄せ合い懸命に生きる姿は確かな共感を呼ぶ。ところで、登場する噺家や他の芸人達には、どうやら作者の胸中に実在のモデルがいるらしい。果して三代目・四代目の天狗は誰なのか、弁慶・呂香・翠は……と思いをはせながら読むのも、この小説の楽しみかたのひとつかもしれない。末長いシリーズとなることを祈ろう。

（かんだ・しょうり　講談師）

本書は、集英社文庫のために書き下ろされた作品です。

本文デザイン／高橋健二（テラエンジン）

奥山景布子の本

寄席品川清洲亭

幕末の品川宿。大工の棟梁・秀八の寄席「清洲亭」をめぐる人情たっぷり、笑いたっぷりの物語。さて、無事に柿落しができるのか!? 落語好きにはたまらない時代小説シリーズスタート。

奥山景布子の本

すててこ　寄席品川清洲亭二

秀八が始めた寄席はお客もついて順風満帆。そんな中、看板噺家・弁慶師匠のもとに弟子入り志願の男が現れた。だが頑なに拒む師匠、その理由とは？　人情落語時代小説、第2弾！

集英社文庫

奥山景布子の本

づぼらん　寄席品川清洲亭三

江戸に甚大な被害をもたらした安政の大地震の最中、おえいが玉のような赤ん坊を出産。そんな中、被災した秀八の両親が清洲亭に転がりこんできて⁉　人情落語時代小説、第3弾！

集英社文庫

集英社文庫　目録（日本文学）

奥泉光　虫樹音楽集
奥泉光　東京自叙伝
奥田亜希子　左目に映る星
奥田亜希子　透明人間は204号室の夢を見る
奥田英朗　東京物語
奥田英朗　真夜中のマーチ
奥田英朗　家日和
奥田英朗　我が家の問題
奥田英朗　我が家のヒミツ
奥山景布子　寄席品川清洲亭
奥山景布子　すてこ　寄席品川清洲亭二
奥山景布子　づぼらん　寄席品川清洲亭三
奥山景布子　かっぽれ　寄席品川清洲亭四
長部日出雄　古事記とは何か　稗《ひえ》田《だの》阿《あ》礼《れ》はかく語りき
長部日出雄　日本を支えた12人
小沢一郎　小沢主義《オザワイズム》志を持て、日本人
小澤征良　おわらない夏
おすぎ　おすぎのネコっかぶり
落合信彦　モサド、その真実
落合信彦　英雄たちのバラード
落合信彦・訳　第四帝国
落合信彦　狼たちへの伝言2
落合信彦　狼たちへの伝言3
落合信彦　誇り高き者たちへ
落合信彦　太陽の馬(上)(下)
落合信彦　運命の劇場(上)(下)
ハロルド・ロビンス　落合信彦・訳　冒険者たち(上)　野性の歌
ハロルド・ロビンス　落合信彦・訳　冒険者たち(下)　愛と情熱のはてに
落合信彦　王たちの行進
落合信彦　そして帝国は消えた
落合信彦　騙《だま》し人《にん》
落合信彦　ザ・ラスト・ウォー
落合信彦　どしゃぶりの時代　魂の磨き方
落合信彦　ザ・ファイナル・オプション　騙し人II
落合信彦　虎を鎖でつなげ
落合信彦　名もなき勇者たちよ
落合信彦　小説サブプライム　世界を破滅させた人間たち
落合信彦　愛と惜別の果てに
乙一　夏と花火と私の死体
乙一　天帝妖狐
乙一　平面いぬ。
乙一　暗黒童話
乙一　ZOO 1
乙一　ZOO 2
古屋×乙一×兎丸　少年少女漂流記
乙一　荒木飛呂彦・原作　The Book　jojo's bizarre adventure 4th another day
乙一　箱庭図書館
乙一　Arknoah 1　僕のつくった怪物

集英社文庫　目録（日本文学）

乙一　Arknoah 2 ドラゴンファイア
乙川優三郎　武家用心集
小野一光　震災風俗嬢
小野正嗣　残された者たち
恩田陸　光の帝国 常野物語
恩田陸　ネバーランド
恩田陸　ねじの回転(上)(下) FEBRUARY MOMENT
恩田陸　蒲公英《たんぽぽ》草紙 常野物語
恩田陸　エンド・ゲーム 常野物語
恩田陸　蛇行する川のほとり
開高健　オーパ！
開高健　風に訊け
開高健　オーパ、オーパ!! アラスカ・カナダ カリフォルニア篇
開高健　オーパ、オーパ!! アラスカ至上篇 コスタリカ篇
開高健　オーパ、オーパ!! モンゴル・中国篇 スリランカ篇
開高健　知的な痴的な教養講座
開高健　風に訊けザ・ラスト
開高健　青い月曜日
海道龍一朗　華、散りゆけど 真田幸村 連戦記
海道龍一朗　早雲立志伝
加賀乙彦 津村節子　愛する伴侶《ひと》を失って
垣根涼介　月は怒らない
柿木奈子　さいはてにて やさしい香りと待ちながら
角田光代　みどりの月
角田光代 佐内正史　だれかのことを強く思ってみたかった
角田光代　マザコン
角田光代　三月の招待状
角田光代 松尾たいこ　なくしたものたちの国
角田光代他　チーズと塩と豆と
角幡唯介　空白の五マイル チベット、世界最大のツアンポー峡谷に挑む
角幡唯介　雪男は向こうからやって来た
角幡唯介　アグルーカの行方 129人全員死亡、フランクリン隊が見た北極
角幡唯介　旅人の表現術
梶よう子　柿のへた 御薬園同心 水上草介
梶よう子　お伊勢ものがたり 親子三代道中記
梶よう子　桃のひこばえ 御薬園同心 水上草介
梶よう子　花しぐれ 御薬園同心 水上草介
梶井基次郎　檸檬
梶山季之　赤いダイヤ(上)(下)
片野ゆか　ポチのひみつ
片野ゆか　ゼロ！ 熊本市動物愛護センター10年の闘い
片野ゆか　動物翻訳家 心の声をキャッチする、飼育員のリアルストーリー
かたやま和華　猫の手、貸します 猫の手屋繁盛記
かたやま和華　化け猫、まかり通る 猫の手屋繁盛記
かたやま和華　大あくびして、猫の恋 猫の手屋繁盛記
かたやま和華　されど、化け猫は踊る 猫の手屋繁盛記
かたやま和華　笑う猫には、福来《きた》る 猫の手屋繁盛記
かたやま和華　ご存じ、白猫ざむらい 猫の手屋繁盛記

集英社文庫 目録（日本文学）

加藤元 四百三十円の神様
加藤千恵 ハニー ビター ハニー
加藤千恵 さよならの余熱
加藤千恵 ハッピー☆アイスクリーム
加藤千恵 あとは泣くだけ
加藤千穂美 エンキリ おひとりさま京子の事件帖
加藤友朗 移植病棟24時
加藤友朗 移植病棟24時 赤ちゃんを救え！
加藤実秋 インディゴの夜
加藤実秋 チョコレートビースト インディゴの夜
加藤実秋 ホワイトクロウ インディゴの夜
加藤実秋 Dカラーバケーション インディゴの夜
加藤実秋 ブラックスローン インディゴの夜
加藤実秋 ロケットスカイ インディゴの夜
加藤実秋 学園《スクール》王国《キングダム》
加藤実秋 渋谷スクランブルデイズ インディゴ・イヴ
上遠野浩平 荒木飛呂彦・原作 恥知らずのパープルヘイズ ―ジョジョの奇妙な冒険より―
金井美恵子 恋愛太平記1・2
金子光晴 女たちへのいたみうた 金子光晴詩集
金原ひとみ 蛇にピアス
金原ひとみ アッシュベイビー
金原ひとみ AMEBICアミービック
金原ひとみ オートフィクション
金原ひとみ 星へ落ちる
金原ひとみ 持たざる者
加野厚志 龍馬暗殺者伝
加納朋子 月曜日の水玉模様
加納朋子 沙羅《さら》は和子《わこ》の名を呼ぶ
加納朋子 レインレイン・ボウ
加納朋子 七人の敵がいる
加納朋子 我ら荒野の七重奏《セプテット》
壁井ユカコ 2.43 清陰高校男子バレー部①②
壁井ユカコ 2.43 清陰高校男子バレー部 代表決定戦編①②
鎌田實 がんばらない
鎌田實 高橋卓志 生き方のコツ 死に方の選択
鎌田實 あきらめない
鎌田實 それでもやっぱりがんばらない
鎌田實 ちょい太でだいじょうぶ
鎌田實 本当の自分に出会う旅
鎌田實 なげださない
鎌田實 たった1つ変わればうまくいく 生き方のヒント幸せのコツ
鎌田實 いいかげんがいい
鎌田實 がんばらないけどあきらめない
鎌田實 空気なんか、読まない
鎌田實 人は一瞬で変われる
鎌田實 がまんしなくていい
神永学 イノセントブルー 記憶の旅人
神永学 浮雲心霊奇譚 赤眼《せきがん》の理《ことわり》

集英社文庫

かっぽれ 寄席《よせ》品川《しながわ》清洲《きよす》亭《てい》 四

2020年7月25日 第1刷 定価はカバーに表示してあります。

著 者 奥山《おくやま》景布子《きょうこ》
発行者 徳永 真
発行所 株式会社 集英社
東京都千代田区一ツ橋2-5-10 〒101-8050
電話 【編集部】03-3230-6095
【読者係】03-3230-6080
【販売部】03-3230-6393(書店専用)
印 刷 中央精版印刷株式会社 株式会社美松堂
製 本 中央精版印刷株式会社

フォーマットデザイン アリヤマデザインストア マークデザイン 居山浩二

ISBN978-4-08-744139-0 C0193